T0270051

Incendio

Tess Gerritsen

INCENDIO

Traducido del inglés por Pilar de la Peña Minguell

AdN Alianza de Novelas

Título original: *Playing with Fire*

Diseño de colección: Estudio Pep Carrió

Reservados todos los derechos. El contenido de esta
obra está protegido por la Ley, que establece penas
de prisión y/o multas, además de las correspondientes
indemnizaciones por daños y perjuicios, para quienes
reprodujeren, plagiaren, distribuyeren o comunicaren
públicamente, en todo o en parte, una obra literaria,
artística o científica, o su transformación, interpretación
o ejecución artística fijada en cualquier tipo de soporte o
comunicada a través de cualquier medio, sin la preceptiva
autorización.

Copyright © 2015 by Tess Gerritsen.
© de la traducción: Pilar de la Peña Minguell, 2017
© AdN Alianza de Novelas (Alianza Editorial, S. A.)
Madrid, 2017
Calle Juan Ignacio Luca de Tena, 15
28027 Madrid
www.AdNovelas.com

ISBN: 978-84-9104-845-9
Depósito legal: M. 19.173-2017
Printed in Spain

En recuerdo de Michael S. Palmer.

Julia

1

Ya desde el umbral de la puerta percibo el aroma a libro viejo, ese perfume de páginas frágiles y piel gastada. Los otros anticuarios de este callejón empedrado tienen el aire acondicionado puesto y la puerta cerrada para protegerse del calor; esta, en cambio, abierta de par en par, parece invitarme a entrar. Es mi última tarde en Roma, mi última oportunidad de adquirir algún recuerdo personal de mi visita. He comprado una corbata de seda para Rob y un vestido con muchísimos volantes para Lily, nuestra pequeña de tres años, pero aún no he encontrado nada para mí. En el escaparate, veo lo que ando buscando.

Me adentro en una oscuridad tal que a mis ojos les cuesta adaptarse. Fuera hace un calor insoportable, pero allí dentro se está fresco, como en una cueva a la que no llegaran ni la luz ni el calor. Poco a poco las siluetas van tomando forma entre las sombras y detecto estanterías atestadas de libros, baúles viejos y, en un rincón, una deslustrada armadura medieval. De las paredes cuelgan óleos, todos ellos chillones, feos y con etiquetas amarillentas que indican su precio. No había visto que el propietario estaba en la trastienda, y me sobresalta cuando de pronto se dirige a mí en italiano. Al volverme, me encuentro a un tipo menudo cuyas cejas parecen orugas copadas de nieve.

—Perdone —le digo—, *non parlo italiano*.

—*Violino?* —me dice, señalando el estuche del violín que cargo a la espalda. Es un instrumento demasiado valioso para dejarlo en la habitación del hotel y siempre lo llevo encima cuando viajo—. *Musicista?* —pregunta, y hace como si tocara el violín en el aire, reproduciendo con la mano derecha el delicado vaivén de un arco invisible.

—Sí, soy violinista. De Estados Unidos. He tocado esta mañana en el festival. —Aunque asiente por cortesía, dudo que haya entendido lo que le he dicho. Señalo el objeto que he visto en el escaparate—. ¿Podría verlo? Libro. Música.

Alarga la mano al escaparate, coge el libro de partituras y me lo entrega. Sé que es antiguo por la forma en que se deshacen los bordes de las páginas al tocarlas. La edición es italiana y la cubierta lleva escrita la palabra «gitano» y una imagen de un hombre harapiento tocando el violín. Lo abro por el primer tema, escrito en clave menor. No conozco la pieza, una melodía desgarradora que mis dedos ya ansían tocar. Sí, esto es lo que siempre ando buscando: música antigua y olvidada, digna de ser redescubierta.

Mientras hojeo las otras piezas, se escapa del libro una hoja suelta que cae aleteando al suelo. No forma parte del libro: es una hoja repleta de notas musicales anotadas a lápiz. El título de la composición está escrito a mano con elegante y florida caligrafía: *Incendio,* de L. Todesco.

Según voy leyendo la partitura, reproduzco las notas mentalmente y, con solo unos compases, ya sé que este vals es hermoso. Comienza con una melodía sencilla en mi menor, pero, hacia el compás dieciséis, se complica; en el sesenta, las notas empiezan a amontonarse y se producen accidentes discordantes. Vuelvo la hoja y, al otro lado, encuentro decenas de anotaciones. Una serie de arpegios, rápida como un rayo, transforma la melodía en un torbellino de notas que me erizan el vello de los brazos.

Tengo que llevarme esta música.

—*Quanto costa?* —pregunto—. ¿Esta página y el libro entero?

El propietario me observa con picardía.

—*Cento.*

Saca un bolígrafo y se escribe la cifra en la palma de la mano.

—¿Cien euros? ¿No lo dirá en serio?

—*E' vecchio.* Antiguo.

—No es tan antiguo.

Por cómo se encoge de hombros deduzco que o lo tomo o lo dejo. Ya ha visto la avidez en mis ojos; sabe que, si me pide una suma desorbitada por ese viejo compendio de canciones gitanas, la pagaré. La música es mi única extravagancia. No me interesan las joyas, ni la ropa ni los zapatos de diseño; el único complemento que valoro de verdad es el violín centenario que llevo a la espalda.

Me entrega un recibo y salgo de la tienda al calor vespertino, pegajoso como un jarabe. Qué raro que estuviera tan fresca allí dentro. Vuelvo la vista al edificio, pero no veo ningún aparato de aire acondicionado, solo ventanas cerradas y unas gárgolas gemelas encaramadas sobre el frontispicio. Un rayo de sol llega hasta mí, reflejado en la aldaba de bronce en forma de cabeza de Medusa. La puerta está cerrada, pero el dueño me mira por el escaparate polvoriento, luego baja el estor y desaparece.

A Rob, mi marido, le encanta la corbata que le he comprado en Roma. Delante del espejo de nuestro dormitorio, se anuda con pericia la lustrosa seda alrededor del cuello.

—Justo lo que necesito para animar un poco ese tostón de reunión —dice—. Igual con estos colores logro mantenerlos despiertos mientras repaso las cifras.

A sus treinta y ocho años, sigue tan delgado y en forma como el día de nuestra boda, aunque el último decenio le haya teñido de plata las sienes. Con la camisa blanca almidonada y los gemelos de oro, mi marido, criado en Boston, presenta la viva imagen del meticuloso contable que es. Para él todo son números: pérdidas y beneficios, pasivo y activo. Contempla el mundo en términos matemáticos y hasta sus movimientos son de una absoluta precisión geométrica, como el arco que forma la corbata al trenzarse para componer el nudo perfecto. ¡Qué distintos somos! Los únicos números que me importan a mí son los de las sinfonías, las obras y los compases de mi música. Rob le dice a todo el mundo que por eso lo atraje, porque, al contrario que él, soy una artista y una criatura etérea que danza al sol. Antes me preocupaba que nuestras diferencias pudieran distanciarnos, que Rob, que siempre tiene los pies tan bien plantados en el suelo, se cansara de impedir que su etérea esposa se alejase flotando hacia las nubes, pero diez años después aquí seguimos, aún enamorados.

Me sonríe en el espejo mientras se aprieta el nudo.

—Te has despertado tempranísimo esta mañana, Julia.

—Aún vivo con la hora de Roma. Allí ya son las doce del mediodía. Es lo bueno del desfase horario: piensa en todo lo que me va a dar tiempo a hacer hoy.

—Me temo que estarás agotada a la hora de la comida. ¿Quieres que lleve yo a Lily a la guardería?

—No, hoy prefiero que se quede en casa. Me siento culpable por haberla abandonado toda la semana.

—No tienes por qué. Vino tu tía Val y se encargó de todo, como siempre.

—Ya, pero la he echado muchísimo de menos y hoy quiero pasar con ella hasta el último minuto.

Se vuelve para enseñarme su nueva corbata, perfectamente centrada en el cuello de la camisa.

—¿Qué planes tienes?

—Hace mucho calor, así que creo que iremos a la piscina. Y puede que luego pasemos por la biblioteca a por libros nuevos.

—Suena bien. —Se inclina para besarme; su rostro recién afeitado desprende un intenso olor a cítrico—. Lo paso fatal cuando viajas, cariño —me susurra—. A lo mejor la próxima vez me pido la semana libre y voy contigo. ¿No sería mucho más…?

—¡Mira, mami! ¡Mira qué bonito!

Nuestra pequeña de tres años entra en el dormitorio bailando y dando vueltas, luciendo el vestido nuevo que le he traído de Roma, el mismo que ya se probó anoche y que se niega a quitarse. Sin previo aviso, se lanza a mis brazos como un misil y las dos nos desplomamos sobre la cama, muertas de risa. No hay nada tan dulce como el olor de un hijo propio, y siento ganas de inhalar hasta la última molécula de su ser, de volver a absorberlas en mi propio organismo para que seamos una de nuevo. Mientras abrazo a ese manojo risueño de pelo rubio y volantes de color lavanda, Rob se tira a la cama y nos envuelve a las dos con sus brazos.

—Tengo aquí a las dos chicas más guapas del mundo —declara—. Y son mías, ¡mías, las dos!

—Quédate en casa, papá —pide Lily.

—Ojalá pudiera, cielo. —Le da un sonoro beso en la cabeza y, a regañadientes, se levanta—. Papá tiene que trabajar, pero vas a estar todo el día con mami. ¡Qué bien!

—Vamos a ponernos el bañador —le digo—. Lo pasaremos en grande las dos.

Y así es. Chapoteamos en la piscina municipal. Comemos pizza de queso y helado, y vamos a la biblioteca, donde Lily elige otros dos libros ilustrados con dibujos de burros, su animal favorito. Pero, cuando llegamos a casa hacia las tres, me caigo de cansancio. Como Rob ha predicho, he empezado a notar el desfase horario y muero de ganas de meterme en la cama a dormir.

Por desgracia, Lily está despiertísima y ha sacado al patio, donde dormita nuestro gato, Juniper, la caja de sus ropitas viejas de bebé. Le encanta disfrazarlo, y ya le ha puesto un gorrito en la cabeza y le está metiendo una de las patas delanteras por una manga.

Nuestro paciente gato viejo lo aguanta todo como siempre, sin que parezca importarle que lo vistan de encaje y de volantes.

Mientras a Juniper lo preparan para su pase de modelos, saco al patio el violín y mi música y abro el libro de tonadas gitanas. La hoja suelta vuelve a desprenderse y cae a mis pies boca arriba. *Incendio.*

No he vuelto a mirar estas partituras desde que las compré. Ahora, mientras fijo la página al atril, pienso en aquella lúgubre tienda de antigüedades y en el anticuario, medio escondido como una criatura cavernaria en su trastienda, y se me pone la carne de gallina, como si el frío de esa tienda siguiera adherido a la música.

Cojo el violín y empiezo a tocar.

En esta tarde húmeda, mi instrumento suena más profundo, más intenso que nunca, con un tono melodioso y cálido. Los treinta y dos primeros compases del vals son tan hermosos como había imaginado, un lamento en un luctuoso barítono. Pero, en el compás cuarenta, las notas se aceleran. La melodía tira y afloja, sacudida por alteraciones, y salta a la séptima posición de la cuerda de mi. Procuro mantener el tempo y no desafinar, y me suda la cara del esfuerzo. Siento que el arco tiene vida propia, que se mueve como embrujado y yo solo me aferro a él. ¡Qué maravilla! Qué obra maestra, si consigo dominarla. Las notas ascienden por la escala. De pronto, pierdo el control y desafino; la melodía se desboca y siento calambres en la mano izquierda.

Una manita me agarra la pierna. Algo cálido y húmedo me mancha la piel.

Dejo de tocar y bajo la vista. Lily me mira desde abajo, con esos ojos tan claros como el turquesa del mar. Aun cuando, sobresaltada, le arrebato la herramienta de jardín de la mano cubierta de sangre, nada perturba sus serenos ojos azules. Sus pies desnudos han dejado huellas en las baldosas del patio. Horrorizada, sigo las huellas hasta el origen de esa sangre.

Entonces es cuando empiezo a gritar.

2

Rob me ayuda a limpiar la sangre del gato del patio. El pobre Juniper espera su entierro dentro de una bolsa de basura negra. Hemos cavado la tumba en el rincón más apartado del patio, detrás de un seto de lilas, para que yo no me lo encuentre cuando salga al jardín. Nuestro querido compañero, que tenía ya dieciocho años y estaba casi ciego, merece mejor descanso que una triste bolsa de basura, pero, con lo alterada que estaba, no se me ha ocurrido otra cosa.

—Seguro que ha sido un accidente —insiste Rob. Tira la esponja sucia al cubo y, como por arte de magia, el agua se vuelve de un rosa nauseabundo—. Habrá tropezado y se habrá caído encima de él. Menos mal que no lo ha hecho con la parte afilada hacia arriba, porque se habría sacado un ojo. O algo peor.

—Lo he metido yo en la bolsa de basura. Le he visto el cuerpo y no tenía solo una puñalada. ¿Cómo ha podido tropezar y caerse encima de él tres veces seguidas?

Ignorando mi pregunta, Rob coge el arma homicida, una azadilla de púas, y me pregunta:

—De todas formas, ¿cómo ha llegado esto a sus manos?

—Estuve desbrozando la semana pasada. Se me olvidaría guardarla en el cobertizo. —Aún hay sangre en las púas y aparto la vista—. ¿No te extraña la reacción de la niña? Apuñala a Juniper y al poco me pide un zumo. Eso es lo que me angustia, que esté tan tranquila con lo que ha hecho.

—Aún es pequeña para entenderlo. Los niños de su edad no saben lo que es la muerte.

—Pero ha tenido que ver que le estaba haciendo daño. Él ha debido de protestar.

—¿Lo has oído tú?

—Yo estaba tocando el violín, justo ahí. Lily y Juniper estaban al fondo del patio. Lo estaban pasando fenomenal. Hasta que...

—A lo mejor el gato la ha arañado. A lo mejor la ha provocado de algún modo.

—Sube a su cuarto y mírale los brazos. No tiene ni una sola señal. Además, sabes que el gato era un amor. Ya podías tirarle del pellejo o pisarle la cola, que jamás te arañaba. Lo tengo desde que era una cría, y que haya muerto así...

Se me quiebra la voz y me derrumbo en una de las sillas del patio, abrumada de pronto por todo lo sucedido, azotada por un alud de pena y agotamiento. Y por el sentimiento de culpa, por no haber sido capaz de proteger a mi viejo amigo, que se desangraba a solo unos metros de mí. Incómodo, Rob me da unas palmaditas en el hombro, sin saber cómo consolarme. Mi marido, tan lógico y matemático, no tiene ni idea de cómo reaccionar ante una mujer llorosa.

—Eh, eh, cariño —murmura—. ¿Y si compramos otro gatito?

—No lo dirás en serio. ¿Después de lo que le ha hecho a Juniper?

—Vale, lo que he dicho es una tontería, pero, Julia, por favor, no la culpes. Seguro que lo echa tanto de menos como nosotros. Lo que pasa es que no entiende lo que ha ocurrido.

—¿Mami? —grita Lily desde su cuarto, donde la he dejado durmiendo la siesta—. ¡¡Maaami!!

Aunque es a mí a quien llama, es Rob quien la saca de la cama, quien la acuna en su regazo, sentado en la misma mecedora donde yo le daba el pecho. Mientras los observo, pienso en aquellas noches de recién nacida cuando yo la mecía en esa silla, hora tras hora, y ella apoyaba su aterciopelada mejilla en mi pecho. Aquellas noches mágicas, en vela, en las que solo existíamos Lily y yo. Yo la miraba fijamente a los ojos y le susurraba: «Nunca olvides esto. Recuerda siempre cuánto te quiere mamá».

—El gatito se ha ido —dice Lily sollozando en el hombro de Rob.

—Sí, cariño —murmura Rob—. El gatito se ha ido al cielo.

—¿Le parece un comportamiento normal en una niña de tres años? —le pregunto al pediatra una semana más tarde, en la revisión de Lily.

El doctor Cherry le está examinando la tripita, con las consiguientes risas por las cosquillas, y no contesta enseguida a mi pregunta. Es de esos médicos a los que les gustan los niños y Lily le corresponde siendo un amor. Obediente, vuelve la cabeza para que pueda mirarle los oídos, abre mucho la boca cuando él le mete el depresor lingual para examinarle la garganta... Mi preciosa niña ya sabe cómo camelar a los desconocidos.

Él se yergue y me mira.

—Una conducta agresiva no tiene por qué ser algo preocupante. A esta edad, los niños se frustran con facilidad cuando no consiguen expresarse correctamente y, por lo que me dice, aún usa sobre todo frases de tres y cuatro palabras.

—¿Debería preocuparme eso, el que no hable tanto como otros niños?

—No, no. Las pautas del desarrollo infantil no están labradas en piedra. Hay muchas diferencias entre niños, y Lily progresa adecuadamente en todos los demás aspectos. Su estatura, su peso y su motricidad son perfectamente normales. —La sienta al borde de la camilla y le dedica una enorme sonrisa—. ¡Y es una niña buenísima! Ya quisiera yo que todos mis pacientes estuviesen tan dispuestos a cooperar. La noto muy centrada, muy atenta.

—Pero lo que le ha hecho al gato... ¿significa que podría hacer algo aún peor cuando sea...?

Hago una pausa, consciente de que Lily me observa y escucha todo lo que digo.

—Señora Ansdell —me dice el doctor en voz baja—, ¿por qué no lleva a Lily a nuestra guardería? Esto deberíamos hablarlo usted y yo a solas, en mi despacho.

Tiene razón. Muy probablemente mi hija, lista y avispada, entiende más de lo que creo. La saco de la consulta y la llevo a la zona de juego para pacientes, como me ha propuesto su médico. En la sala, hay juguetes tirados por todas partes, objetos de plástico de colores llamativos sin bordes cortantes ni piezas pequeñas que puedan entrar en alguna boca de esas que no discriminan. Arrodillado hay un niño más o menos de su edad que simula el ruido de un motor mientras empuja un volquete rojo por la moqueta. La dejo en el suelo y ella se dirige de inmediato a una mesita donde hay un juego de té infantil. Coge la tetera y sirve un té invisible. ¿Cómo sabe hacer eso? Yo nunca he organizado una merienda en casa y, sin embargo, ahí está mi hija, respondiendo al estereotipo de conducta femenina mientras el niño hace runrún con su camión.

Cuando entro en el despacho del doctor Cherry, él está sentado a su escritorio. A través del ventanal, vemos a los dos niños en la estancia contigua; de su lado, el ventanal es un espejo, y ellos no nos ven. Juegan en paralelo, ignorándose, en mundos separados de niño y de niña.

—Me parece que está dando demasiada importancia a ese incidente —dice.

—Apenas tiene tres años y ha matado a nuestra mascota.

—¿Alguna señal de alarma previa? ¿Algún indicio de que fuese a hacerle daño?

—En absoluto. Yo ya tenía a Juniper antes de casarme, así que Lily lo ha conocido siempre. Y siempre fue muy cariñosa con él.

—¿Qué pudo desatar ese ataque? ¿Estaba enfadada? ¿Frustrada por algo?

—No, yo la vi muy contenta. Estaban los dos tan tranquilos que los dejé jugar mientras yo ensayaba con el violín.

Medita este último detalle.

—Supongo que eso requiere mucha concentración. Tocar el violín, quiero decir.

—Sí, estaba ensayando una pieza nueva. Así que, sí, estaba concentrada.

—Quizá eso lo explique todo. Usted estaba ocupada haciendo otra cosa y ella quiso llamar su atención.

—¿Apuñalando a nuestro gato? —Suelto una carcajada de incredulidad—. Un poco drástico, ¿no? —Miro por el ventanal a mi pequeña de pelo dorado, que protagoniza, tan bonita, su merienda imaginaria. Me resisto a mencionar la siguiente posibilidad, pero debo preguntarle—. He leído en Internet sobre esos niños que hacen daño a los animales. Por lo visto, es muy mala señal. Podría significar problemas emocionales graves.

—Créame, señora Ansdell —me dice con una sonrisa benévola—, Lily no se va a convertir en una asesina en serie cuando sea mayor. Ahora bien, si el incidente se repitiese o hubiera antecedentes de violencia en la familia, entonces sí que me preocuparía. —No digo nada; mi silencio le hace fruncir el ceño—. ¿Hay algo que quiera contarme? —inquiere con serenidad.

Inspiro hondo.

—Sí que hay antecedentes familiares. De trastornos mentales.

—¿En la familia de su marido o en la suya?

—En la mía.

—No recuerdo haber visto nada de eso en la historia médica de Lily.

—Porque jamás lo he mencionado. No pensaba que algo así se transmitiera de padres a hijos.

—¿Algo como qué?

Me tomo mi tiempo para contestar porque, aunque quiero ser sincera, no me apetece contarle más de lo necesario. No quiero contarle nada que me haga sentir incómoda. Observo a mi preciosa niña a través del ventanal de la sala de juegos.

—Sucedió poco después de que naciera mi hermano. Por entonces, yo tenía solo dos años, así que no recuerdo nada de aquello. He sabido los detalles por mi tía, años después. Por lo visto, mi madre sufrió una especie de crisis nerviosa. Tuvieron que internarla en un psiquiátrico porque era un peligro para los que la rodeaban.

—Por la época en que sufrió esa crisis, parece que podría haberse tratado de una depresión posparto o un brote psicótico.

—Sí, según tengo entendido, ese fue el diagnóstico. La examinaron varios psiquiatras y todos ellos concluyeron que sufría un desequilibrio mental y no se la podía responsabilizar de lo que ocurrió.

—¿Qué ocurrió?

—Mi hermano, mi hermano pequeño… —Bajo la voz hasta el susurro—. Se le cayó y murió. Dicen que en ese momento tenía delirios, que oía voces.

—Lo lamento. Debió de ser un trago muy duro para su familia.

—Ni me imagino lo horrible que tuvo que ser para mi padre perder a un hijo. Y que encerraran a mi madre.

—Dice que la internaron en un psiquiátrico. ¿Llegó a recuperarse?

—No. Murió allí dos años más tarde, de una peritonitis. Yo no la llegué a conocer, pero ahora no dejo de pensar en ella. Y me pregunto si Lily… si lo que le hizo al gato…

El pediatra comprende por fin mi temor. Suspira y se quita las gafas.

—Le aseguro que no hay relación. La genética de la violencia no es tan sencilla como que Lily haya heredado sus ojos azules y su pelo rubio. Solo conozco unos cuantos casos documentados claramente hereditarios. Por ejemplo, hay una familia en Holanda en la que casi todos los miembros varones han ido a la cárcel. Y también se sabe que los niños que nacen con un cromosoma Y extra son más propensos a cometer delitos.

—¿Hay algún equivalente en niñas?

—Las niñas pueden ser sociópatas, desde luego, pero ¿por genética? —Niega con la cabeza—. No creo que haya datos que respalden esa hipótesis.

«Datos.» Habla como Rob, que siempre anda citando cifras y estadísticas. Qué fe tienen estos hombres en sus números. Siempre mencionando estudios científicos y citando las últimas investigaciones. ¿Por qué será que eso no me tranquiliza?

—Relájese, señora Ansdell —dice el doctor Cherry, alargando el brazo y dándome una palmadita en la mano—. Su hija es una niña completamente normal para su edad. Es sociable y cariñosa, y según me cuenta nunca había hecho algo así. No hay nada de qué preocuparse.

Cuando aparco el coche a la entrada de la casa de mi tía Val, Lily ya va dormida en su asiento de seguridad. Es la hora de su siesta y duerme tan profundamente que ni se inmuta cuando la saco del coche. Aun dormida se aferra a Burro, el peluche que va con ella a todas partes y que está bastante asqueroso últimamente, raído y manchado de babas, y probablemente repleto de bacterias. Al pobre Burro lo hemos remendado y parcheado tantas veces que se ha convertido en un Frankenstein animal, zigzagueado por mis inexpertas puntadas. Ya le veo otro desgarrón por el que empieza a asomar el relleno.

—Ay, pero mira que es bonita —ronronea Val mientras entro con Lily en brazos—. Parece un angelito.

—¿Puedo tumbarla en tu cama?

—Por supuesto. Pero deja la puerta abierta para que la oiga si se despierta.

Meto a Lily en el dormitorio de mi tía y la deposito con cuidado sobre el edredón. La observo un instante, hechizada como siempre por la visión de mi hija dormida. Me aproximo e inhalo su aroma y siento el calor que desprenden sus mejillas sonrosadas. Ella suspira y murmura «mami» en sueños, esa palabra que siempre me hace sonreír. Esa que tanto ansiaba oír durante los desgarradores años en que intentaba una y otra vez, sin éxito, quedarme embarazada.

—Mi niña —le susurro.

Cuando vuelvo al salón, Val me pregunta:

—Bueno, ¿qué te ha dicho el doctor Cherry?

—Dice que no hay nada de lo que preocuparse.

—¿No te lo había dicho yo ya? Los niños y las mascotas no siempre congenian. Tú no te acuerdas, pero, cuando tenías dos años, no parabas de fastidiar a mi viejo perro. Cuando al final se cansó y te dio un mordisco, tú le diste una bofetada. Yo creo que eso fue lo que les pasó a Lily y a Juniper. A veces los niños reaccionan sin pensar. Sin valorar las consecuencias.

Contemplo por la ventana el jardín de mi tía, un pequeño edén atestado de tomateras, hierbas frondosas, parras de pepinos que trepan por el enrejado… Mi difunto padre también era aficionado a la jardinería. Le gustaba cocinar, recitar poesía y cantar desafinando, como a su hermana Val. Hasta se parecen en sus fotos de infancia, los dos delgaduchos y bronceados, con el mismo corte de pelo masculino. Hay tantas fotos de mi padre expuestas por la casa de Val que cada vez que la visito siento una punzada de tristeza en el corazón. En la pared que tengo enfrente, hay fotos de mi padre a los diez años, con su caña de pescar; a los doce, con su equipo de radioaficionado; a los dieciocho, con la toga de graduación del instituto. En todas exhibe la misma sonrisa sincera, franca.

Y en la librería está la foto de él con mi madre, tomada el día en que me llevaron a casa, recién nacida. Es la única imagen de ella que Val tiene en su casa. Y solo la tolera porque también salgo yo.

Me levanto para examinar los rostros de la fotografía.

—Me parezco a ella. Nunca había reparado en cuánto.

—Sí, te pareces a ella, y qué guapa era. Siempre que Camilla entraba en algún sitio, todos se volvían a mirarla. Tu padre se enamoró perdidamente de ella nada más verla. Mi pobre hermano no tuvo elección.

—¿Tanto la odiabas?

—¿Odiarla? —Val lo medita—. No, yo no lo diría así. Desde luego, al principio, no. Como a todos los que la trataron, me cautivaron por completo sus encantos. Jamás he conocido a ninguna otra mujer que lo tuviera todo de la forma en que ella lo tenía: belleza, inteligencia, talento… Y qué elegancia.

—Que evidentemente yo no he heredado —digo con una risa resentida.

—Ay, cielo, tú has heredado lo mejor de los dos: la belleza y el talento musical de Camilla y el corazón generoso de tu padre. Tú fuiste lo mejor que le pasó jamás a Mike. Es una lástima que tuviera que enamorarse de ella para que tú vinieras al mundo. Claro que todos nos enamorábamos de ella. Su magnetismo era irresistible.

Pienso en mi hija y lo fácilmente que ha embelesado al doctor Cherry. Con sus tres añitos, ya sabe cómo camelarse a todo el que conoce. Ese es un don que yo nunca he tenido, pero Lily nació con él.

Vuelvo a dejar la foto de mis padres en la librería y me giro hacia Val.

—¿Qué le pasó realmente a mi hermano? —Mi pregunta la agarrota y la obliga a apartar la mirada; es evidente que no quiere hablar de ello. Siempre he sabido que había algo que no me habían contado, algo mucho más turbio y perturbador, y he evitado insistir en el asunto. Hasta ahora—. ¿Val? —presiono.

—Ya sabes lo que pasó —me contesta—. Te lo conté en cuanto me pareció que eras lo bastante mayor para entenderlo.

—Pero no me contaste los detalles.

—Nadie quiere conocer los detalles.

—Yo sí. Ahora sí —digo, mirando hacia el dormitorio donde mi hija, mi pequeñina, duerme—. Necesito saber si Lily es como ella.

—Basta ya, Julia. Si piensas que Lily se parece en algo a Camilla, estás muy equivocada.

—Todos estos años he oído solo fragmentos de lo que le ocurrió a mi hermano, pero siempre he tenido la impresión de que había algo más, algo que no queríais decir.

—Saber toda la historia no te ayudará a entenderlo mejor. Aun después de treinta años, yo sigo sin comprender por qué lo hizo.

—¿Qué fue lo que «hizo» exactamente?

Val medita la pregunta un instante.

—Después de lo ocurrido, cuando por fin fue a juicio, los psiquiatras lo llamaron depresión posparto. Eso era lo que pensaba tu padre también. Lo que quería creer, y sintió un gran alivio por que no la llevaran a la cárcel. Por suerte para ella, la encerraron en aquel sanatorio.

—Donde la dejaron morir de una peritonitis. A mí no me parece tanta suerte.

Val no me mira. El silencio entre las dos se hace tan denso que se volverá impenetrable si no lo rompo de inmediato.

—¿Qué es lo que no me estás contando? —le pregunto serena.

—Lo siento, Julia. Tienes razón: no he sido del todo sincera. No en eso.

—¿En qué?

—En cuanto a cómo murió tu madre.

—Creía que había muerto de peritonitis. Eso es lo que papá y tú siempre me habéis dicho, que ocurrió a los dos años de que la internaran.

—Fue a los dos años, sí, pero no de peritonitis. —Val suspira—. No quería contártelo, pero como insistes en saber la verdad... Tu madre murió de un embarazo extrauterino.

—¿De un embarazo? Pero si estaba encerrada en un psiquiátrico...

—Exacto. Camilla jamás mencionó al padre, y no conseguimos averiguar quién era. Tras su muerte, cuando limpiaron su cuarto, encontraron toda clase de contrabando: alcohol, joyas caras, maquillaje... No me cabe duda de que conseguía esas cosas a cambio de sexo, y lo hacía voluntariamente, tan manipuladora como siempre.

—Aun así, la víctima era ella. Tenía una enfermedad mental.

—Sí, eso fue lo que dijeron los especialistas en el juicio, pero, créeme, Camilla no estaba deprimida, ni sufría un brote psicótico. Estaba aburrida. Y resentida. Y harta de tu hermano pequeño, que era una preocupación constante con sus gases y sus llantos. Siempre quiso ser el centro de atención y estaba acostumbrada a que los hombres se pelearan por hacerla feliz. Era la chica con estrella que siempre se salía con la suya, pero de pronto se encontró casada y atada con dos hijos que no había querido tener. En el juicio, aseguró que no recordaba haberlo hecho, pero el vecino fue testigo de lo sucedido. La vio salir al balcón con tu hermanito en brazos. La vio tirar intencionadamente al bebé por la barandilla. No es que se le cayera, es que lo tiró desde una segunda planta. Solo tenía tres semanas, Julia, un niño precioso de ojos azules como los tuyos. Doy gracias a Dios de haber estado haciendo de niñera ese día. —Val suspira hondo y me mira—. De lo contrario, puede que tú también estuvieras muerta.

3

La lluvia repiquetea en la ventana de mi cocina y desliza sus dedos acuosos por el cristal mientras Lily y yo hacemos galletas de avena y pasas para su fiesta de preescolar de mañana. En estos tiempos en que parece que todos los niños son alérgicos al huevo, al gluten o a los frutos secos, hacer galletas es casi un acto subversivo: me siento como si estuviese preparando porciones de veneno para esas delicadas criaturas. Seguramente las otras madres estarán haciendo aperitivos sanos, como fruta troceada o zanahoria cruda, pero yo incorporo los huevos y el azúcar a la harina para elaborar una masa grasienta que Lily y yo distribuimos en montoncitos por las láminas de hornear. Cuando salen las galletas del horno, calentitas y fragantes, vamos al salón, donde le ofrezco a mi hija dos y un zumo de manzana para que meriende. Ñam, azúcar: ¡qué mala madre soy!

Ella come feliz mientras yo me siento delante de mi atril. Llevo días sin apenas sacar el instrumento del estuche y necesito practicar para el próximo ensayo del cuarteto. El violín descansa como un viejo amigo en mi hombro y, mientras lo afino, la madera suena melosa y densa como el chocolate, una voz que me pide algo lento y dulce con lo que calentar. Aparto el arreglo para cuarteto de Shostakovich que pensaba ensayar y, en su lugar, fijo *Incendio* al atril. Algunos fragmentos de este vals me han estado resonando en la cabeza toda la semana y esta mañana he despertado con ganas de volver a oírlo para confirmar que es tan hermoso como lo recuerdo.

Ciertamente lo es. La voz apenada de mi violín parece hablar de corazones partidos y amores perdidos, de bosques sombríos y colinas encantadas. La pena se transforma en agitación. La melodía no ha cambiado, pero las notas llegan más rápido, suben la escala a la cuerda de mi, por la que asciende a toda prisa una serie de arpegios. El pulso se me acelera al ritmo frenético de la pieza. Me cuesta mantener el tempo y mis dedos tropiezan entre sí. Siento calambres en la mano. De pronto las notas suenan desafinadas y la madera empieza a zumbar como si vibrara a una frecuencia prohibida que fuera a reventar el instrumento y hacerlo estallar por los aires. Continúo a duras penas, luchando contra el violín, anhelando su sumisión. El zumbido se hace más fuerte y la melodía se convierte en chillido.

Pero es mi propio grito lo que oigo.

Jadeando de angustia, me miro el muslo y veo el trozo de cristal resplandeciente clavado como una daga de vidrio en mi pierna. Entre mis propios sollozos, oigo a alguien que canturrea tres palabras una y otra vez, con una voz tan monótona, tan mecánica, que apenas la reconozco. Solo al verla mover los labios reparo en que es mi hija la que habla. Me mira fijamente con esos ojos de un azul plácido, sobrenatural.

Inspiro hondo tres veces y, armándome de valor, agarro el trozo de cristal, doy un grito y me lo arranco del muslo. La sangre empieza a correrme por la pierna como una cinta de raso de intenso escarlata. Es lo último que registran mis ojos antes del fundido en negro.

En medio de la bruma mental que me producen los analgésicos, oigo a mi marido hablar con Val al otro lado de la cortina del box de Urgencias. Su respiración parece entrecortada, como si hubiera ido corriendo al hospital. Val intenta calmarlo.

—Se pondrá bien, Rob. Han tenido que darle puntos y ponerle la antitetánica. Y tiene un chichón enorme en la frente, del golpe que se ha dado con la mesa al caer. Pero, cuando ha recuperado el conocimiento, ha sido capaz de llamarme para pedirme ayuda. Me he acercado enseguida en el coche y la he traído directamente aquí.

—Entonces, ¿no es nada grave? ¿Estás segura de que solo se ha desmayado?

—Si tú hubieras visto la sangre que había en el suelo, entenderías por qué. La herida tenía muy mala pinta y debe de haberle dolido una barbaridad, pero el médico dice que es un corte limpio y que no cree que vaya a infectarse.

—Entonces, ¿me la puedo llevar a casa?

—Sí, sí. Solo que...

—¿Qué?

Val baja la voz hasta el susurro.

—Me preocupa que, en el coche, me ha dicho que...

—¿Mami? —Oigo a Lily lloriquear—. ¡Quiero ir con mami!

—Chist, mami está descansando, cariño. Tenemos que estar calladitas. No, Lily, ven aquí. ¡Lily, no!

La cortina del box se abre de golpe y de repente veo a mi angelical criatura echándome los bracitos. Me aparto, estremecida por el tacto de sus manos.

—¡Val! —grito—. Llévatela, por favor.

Mi tía coge a la niña en brazos.

—Me la llevo a casa esta noche, ¿vale? Eh, Lily, hoy te vienes a dormir conmigo, ya verás qué divertido.

Lily sigue echándome los bracitos, suplicándome un achuchón, pero yo me vuelvo de espaldas para esquivar su mirada, porque temo encontrarme de nuevo con esos extraños ojos azules. Cuando Val se la lleva, me quedo petrificada, como si tuviera el cuerpo enfundado en hielo, un hielo tan grueso que dudo que alguna vez logre librarme de él. Rob se queda a mi lado, acariciándome el pelo inútilmente, porque ni siquiera siento sus caricias.

—¿Qué te parece si te llevo a casa, cielo? —dice—. Podemos pedir una pizza y disfrutar de una velada tranquila los dos solos.

—Lo de Juniper no fue un accidente —susurro.

—¿Qué?

—Me ha atacado, Rob. Lo ha hecho a propósito.

Su mano se detiene en mi cabeza.

—A lo mejor te lo parece a ti, pero solo tiene tres años. Es demasiado pequeña para comprender lo que ha hecho.

—¡Me ha apuñalado con un trozo de cristal!

—¿Y de dónde lo ha sacado?

—Esta mañana se me ha caído un jarrón y se ha hecho pedazos. Los he tirado a la basura. Ha debido de ir a buscarlo al cubo.

—¿Y tú no la has visto hacerlo?

—¿Por qué tengo la impresión de que me estás culpando?

—Solo… solo intento entender cómo ha podido ocurrir.

—Ya te estoy diciendo lo que ha pasado. Lo ha hecho adrede. Me lo ha dicho.

—¿Qué te ha dicho?

—Tres palabras, una y otra vez, como en un cántico: «Pupa a mami».

Me mira como si estuviera loca, como si fuera a saltar de la cama y agredirle, porque ninguna mujer en su sano juicio tiene miedo de su hija de tres años. Niega con la cabeza, sin saber cómo explicar la escena que acabo de describirle. Ni siquiera Rob puede resolver esa ecuación.

—¿Y por qué iba a hacer algo así? —dice al fin—. Hace un momento pedía entre lágrimas estar contigo, quería abrazarte. ¡Te adora!

—Yo ya no lo tengo tan claro.

—Cuando le duele algo, cuando está malita, ¿a quién llama? Siempre a ti. Tú eres el centro de su universo.

—Me ha oído gritar, ha visto la sangre, y estaba tan tranquila. La he mirado a los ojos y no he visto amor en ellos.

Rob no puede ocultar su incredulidad, la lleva escrita en la cara, tan visible como si fuese de neón. Como si le hubiese dicho que a Lily le habían salido colmillos.

—¿Por qué no descansas un poco, cariño? Voy a hablar con la enfermera para ver cuándo te dan el alta.

Sale de allí y yo cierro los ojos, agotada. Los analgésicos que me han dado me han dejado embotada y lo único que me apetece es sumirme en un sueño profundo, pero en esta ajetreada sala de urgencias suenan demasiados teléfonos y hay demasiado parloteo. Oigo chirriar las ruedas de una camilla en el pasillo y los berridos de un bebé en alguna sala lejana. Un bebé muy pequeño, diría yo. Recuerdo la noche en que traje a Lily a esta misma sala de urgencias, con solo dos meses, porque tenía fiebre. Recuerdo que estaba ardiendo, con las mejillas coloradas, y muy calladita, tan tranquila, tendida en la camilla de exploración. Eso era lo que más me aterraba, que no llorara. De pronto, añoro a aquel bebé, a la Lily que recuerdo. Cierro los ojos y me viene a la memoria el olor de su pelo, el tacto de su cabecita suave en mis labios.

—¿Señora Ansdell? —me llama una voz.

Abro los ojos y veo a un joven pálido junto a la camilla. Lleva gafas de montura metálica y una bata blanca de laboratorio con una etiqueta que reza: «Dr. Eisenberg», pero no parece tener edad para haber terminado la carrera de Medicina. Ni siquiera parece tener edad para haber salido aún del instituto.

—Acabo de charlar con su marido. Piensa que debería hablar cón usted de lo que ha ocurrido hoy.

—Ya se lo he contado al otro médico, no recuerdo cómo se llamaba.

—Ese era el médico de urgencias. Su prioridad era curarle la herida. Yo quiero que me cuente cómo se la ha hecho y por qué cree que ha sido su hija.

—¿Es usted pediatra?

—Soy psiquiatra residente.

—¿Especializado en niños?

—No, en adultos. Tengo entendido que está usted muy agitada.

—Ya veo —digo con una risa desganada—. Mi hija me apuñala y soy yo la que necesita un psiquiatra.

—¿Es así como ha ocurrido? ¿La ha apuñalado?

Retiro la sábana para dejar al descubierto mi muslo, donde tengo la herida recién cosida y ahora tapada con una gasa.

—Sé que estos puntos no son producto de mi imaginación.

—He leído el informe del médico de urgencias y parece que tiene ahí una laceración considerable. ¿Qué me dice del hematoma de la frente?

—Me he desmayado. La sangre siempre me marea. Creo que me he dado en la cabeza con la mesita del salón.

Se acerca un taburete y se acomoda en él. Con esas piernas tan largas y ese cuello tan fino, parece una cigüeña instalada junto a mi camilla.

—Hábleme de su hija, Lily. Su marido me ha dicho que tiene tres años.

—Sí. Eso es.

—¿Ha hecho algo parecido antes?

—Hubo otro incidente, hace unas dos semanas.

—Con el gato. Sí, me lo ha contado su marido.

—Entonces ya sabe que tenemos un problema, que no es la primera vez.

Ladea la cabeza como si yo fuese una criatura extraña a la que no acaba de comprender.

—¿Ha sido usted la única testigo de este comportamiento de la niña?

La pregunta me pone en guardia. ¿Acaso piensa que es cuestión de interpretación, que otra persona habría visto algo completamente distinto? Es lógico que dé por supuesta la inocencia de una niña de tres años. Hace unas semanas, yo jamás habría pensado que mi propia hija, con la que yo misma he intercambiado tantos besos y abrazos, fuese capaz de violencia alguna.

—Aún no conoce a Lily, ¿verdad? —le pregunto.

—No, pero su marido me ha dicho que es una niña feliz y encantadora.

—Lo es. A todos los que la conocen les parece adorable.

—Y, cuando usted la mira, ¿qué ve?

—Es mi hija. La veo perfecta en todos los sentidos, por supuesto. Pero...

—¿Pero?

—Ahora la encuentro distinta —añado con un hilo de voz—. Ha cambiado.

El doctor no dice nada, pero anota algo en el portapapeles que lleva consigo. Papel y bolígrafo, ¡qué anticuado!; todos los médicos a los que he conocido recientemente teclean la información en sus portátiles. La caligrafía de este parece una procesión de hormigas desfilando por la hoja.

—Hábleme del día en que nació su hija. ¿Hubo alguna complicación, alguna dificultad?

—Fue un parto largo. Dieciocho horas. Pero todo salió de maravilla.

—¿Y cómo se sintió después de dar a luz?

—¿Además de agotada, quiere decir?

—Me refiero a sus emociones. ¿Qué sintió cuando la vio por primera vez, cuando la tuvo en brazos por primera vez?

—Quiere saber si conectamos, ¿no es así? Si deseaba tenerla.

Me observa y espera a que conteste a mi propia pregunta. Solo mi interpretación de lo que me está preguntando ya es una especie de test de Rorschach, y me siento como en un campo de minas. ¿Y si digo lo que no debo? ¿Me convertiré en una «mala madre»?

—Señora Ansdell —me dice con voz suave—, no hay una respuesta correcta.

—¡Sí, mi hija era un bebé deseado! —espeto—. Rob y yo llevábamos años intentando tener hijos. El día en que nació Lily fue el mejor de mi vida.

—Entonces, se sintió feliz.

—¡Pues claro que me sentí feliz! Y... —Hago una pausa—. Algo asustada.

—¿Por qué?

—Porque, de repente, era responsable de aquella personita, de alguien con alma propia. Alguien a quien aún no conocía en realidad.

—Cuando la miró, ¿qué vio?

—A una niña preciosa. Diez deditos en las manos, diez en los pies. Muy poco pelo —añado con una risa nostálgica—, pero perfecta en todos los sentidos.

—Ha dicho que era alguien con alma propia, alguien a quien aún no conocía.

—Porque los recién nacidos aún no están formados y no sabes en qué se convertirán. Si te querrán. Solo te queda esperar a ver quiénes son de mayores.

Garabatea de nuevo. Está claro que he dicho algo que encuentra interesante. ¿Habrá sido lo de los bebés y las almas? No soy en absoluto religiosa y no tengo ni idea de por qué he soltado eso. Lo observo con creciente inquietud, preguntándome cuándo terminará este suplicio. El efecto de la anestesia local ya ha pasado y me duele la herida. Mientras el psiquiatra se toma su tiempo anotando quién sabe qué sobre mí, yo estoy cada vez más desesperada por escapar del resplandor de estos fluorescentes.

—¿Qué clase de alma cree que tiene Lily? —pregunta.

—No lo sé.

Levanta la mirada, con la ceja enarcada, y me doy cuenta de que mi respuesta no es lo que esperaba. Una madre normal y afectiva habría insistido en que su hija es dulce, bondadosa o inocente. Mi respuesta deja abiertas otras posibilidades más oscuras.

—¿Cómo era de bebé? —inquiere—. ¿Tuvo gases? ¿Algún problema de alimentación o de sueño?

—No, casi nunca lloraba. Siempre estaba contenta, siempre sonriente. Siempre quería abrazos. Jamás pensé que la maternidad pudiera ser tan fácil, pero así fue.

—¿Y cuando se fue haciendo mayor?

—Mi hija no pasó por la crisis de los dos años. Ha sido una niña ideal hasta…

Miro la sábana que me cubre la herida y mi voz se extingue.

—¿Por qué cree que la ha atacado, señora Ansdell?

—No lo sé. Lo estábamos pasando en grande. Acabábamos de hacer galletas. Estaba sentadita a la mesa del salón, bebiéndose el zumo.

—¿Y usted cree que cogió el trozo de cristal del cubo de la basura?

—Tuvo que sacarlo de ahí.

—¿No lo vio?

—Yo estaba ensayando con el violín. Tenía la vista fija en la partitura.

—Ah, sí, su marido me ha comentado que es usted violinista profesional. ¿Toca en una orquesta?

—Soy segundo violín de un cuarteto. Somos solo mujeres. —El doctor se limita a asentir con la cabeza y siento la necesidad de añadir—: Tocamos en Roma hace unas semanas. —Eso sí parece impresionarlo. Un concierto en el extranjero siempre impresiona, hasta que se enteran de lo poco que nos pagan por tocar—. Cuando ensayo, estoy muy concentrada —le explico—. Seguramente por eso no vi que Lily se levantaba y entraba en la cocina.

—¿Cree que a su hija le molesta el tiempo que dedica a ensayar? A los niños suele fastidiarles que su madre hable por teléfono o trabaje en el ordenador porque quieren acaparar toda su atención.

—Nunca me ha parecido que le molestara.

—Quizá esta vez fuese distinto, quizá estuviera más concentrada de lo normal.

Lo pienso un instante.

—Bueno, la música me estaba frustrando. Es una pieza nueva y es difícil. Tengo problemas con la segunda mitad.

Paro de hablar al recordar lo mucho que me estaba costando tocar ese vals, los calambres que me estaban dando en los dedos mientras esas condenadas notas se me resistían. Aunque la obra se llame *Incendio* en italiano, yo tenía los dedos como témpanos.

—Señora Ansdell, ¿le ocurre algo?

—Hace dos semanas, el día en que Lily mató al gato, yo también estaba tocando esa misma pieza.

—¿De qué música se trata?

—Es un vals que me traje de Italia. Una composición manuscrita que encontré en una tienda de antigüedades. ¿Y si no es coincidencia?

—Dudo que podamos atribuir su conducta a una pieza musical.

Me noto agitada, obsesionada con esta nueva línea de pensamiento.

—He ensayado otras piezas para violín igual de difíciles y Lily jamás ha hecho ninguna travesura entretanto, jamás ha protestado por que ensayara. Pero con este vals es diferente. Solo lo he tocado dos veces y las dos veces ha hecho algo horrible.

Guarda silencio un momento y tampoco anota nada en su portapapeles. Se limita a mirarme, pero noto que le está dando vueltas a algo.

—Describa esa música. Me ha dicho que es un vals, ¿no?

—Es una pieza inquietante, en clave de mi menor. ¿Sabe algo de música?

—Toco el piano. Prosiga.

—La melodía es tranquila y sencilla al principio, tanto que casi me pregunto si se escribiría inicialmente como música de baile, pero luego se complica cada vez más. Hay accidentes extraños y una serie de notas del diablo.

—¿Qué quiere decir con «notas del diablo»?

—Se llaman también tritonos o intervalos de cuartas aumentadas. En la Edad Media, las consideraban notas malignas y las prohibieron en la música sacra porque resultan muy disonantes y perturbadoras.

—No parece que ese vals sea muy agradable de escuchar.

—Además es complicadísimo de tocar, sobre todo cuando asciende hasta la estratosfera.

—¿Así que tiene notas muy agudas?

—En un rango que se encuentra por encima de lo que suelen tocar los segundos violines.

Hace otra pausa. Está claro que algo de lo que he dicho lo ha intrigado y tarda un momento en volver a hablar.

—Mientras tocaba esa pieza, ¿cuándo la ha atacado Lily exactamente? ¿Durante esas notas agudas?

—Creo que sí. Sé que ya había vuelto la partitura.

Lo veo tamborilear en el portapapeles con el bolígrafo, nervioso, rítmico.

—¿Quién es el pediatra de Lily? —pregunta al fin.

—El doctor Cherry. La vio hace justo una semana, para la revisión, y me dijo que está sanísima.

—Aun así, me parece que lo voy a llamar. Si le parece bien, voy a proponer que la deriven a un neurólogo.

—¿A Lily? ¿Por qué?

—Es solo una corazonada, señora Ansdell, pero puede que haya descubierto usted algo importante. Esa pieza musical podría ser la clave de todo lo ocurrido.

Esa noche Rob está profundamente dormido cuando salgo de la cama y bajo al salón. Ha limpiado todas las manchas de sangre y la única prueba de lo que me ha pasado es la humedad de la moqueta. El atril está donde lo he dejado, con la partitura de *Incendio*.

Me cuesta ver las notas a la escasa luz de la lamparita, así que me llevo la página a la cocina y me siento a examinarla con detenimiento. No sé bien lo que busco. No es más que una partitura repleta de notas musicales escritas a lápiz por ambos lados. En toda la pieza, detecto indicios de la premura con que se compuso: ligados que son solo rayas, notas que no son más que picaduras de lápiz en el pentagrama... No veo magia negra, ni runas ocultas, ni marcas de agua. Pero hay algo en esa música que ha contaminado nuestras vidas y convertido a nuestra hija en alguien capaz de agredirme, alguien que me aterra.

Siento el súbito impulso de destruir la página. Quiero quemarla, reducirla a cenizas para que no pueda hacernos daño.

Me acerco con ella al fogón, giro el mando y veo cómo, tras un silbido, cobran vida las llamas azules del quemador. Pero no soy capaz de hacerlo. No puedo destruir lo que podría ser la única copia existente de un vals que me hechizó desde la primera vez que lo vi.

Apago el fogón.

De pie, sola en la cocina, contemplo la música y noto el poder que irradia de ella igual que irradia calor de una llama.

Y me pregunto: «¿De dónde habrás salido?»

Lorenzo

4

Venecia, antes de la guerra

El día en que el profesor Alberto Mazza descubrió una diminuta fisura en la superficie de su adorado violín, herencia familiar, fabricado en Cremona hacía dos siglos, supo que solo el mejor lutier de Venecia debía repararlo, de modo que se dirigió de inmediato al taller de Bruno Todesco, en la Calle della Chiesa. Bruno era conocido por transformar, con su cuchillo de talla y su cepillo de carpintero, la pícea y el arce en instrumentos que cobraban vida cuando un arco acariciaba sus cuerdas. De la madera muerta extraía voces, y no voces corrientes: sus instrumentos cantaban con tal belleza que los tocaban en orquestas desde Londres hasta Viena.

Cuando entró en el taller, el lutier estaba tan concentrado que no reparó en su presencia. Alberto lo observó mientras lijaba la superficie de pícea tallada, acariciándola como a una amante, y acusó el embeleso con que trabajaba la madera, con el cuerpo volcado hacia delante como si pretendiese imbuirla de su alma para que cobrase vida y cantara por él. De pronto, le sobrevino un pensamiento, algo que no se le había ocurrido hasta entonces: aquel era un verdadero artista, un artesano entregado a su oficio. Bruno tenía fama de ser un hombre discreto, industrioso, que jamás había contraído una deuda. No frecuentaba la sinagoga, eso sí, pero, cuando la visitaba, saludaba con respeto a sus mayores.

Mientras Bruno trabajaba la delicada pieza de madera, aún ajeno a la llegada de su cliente, Alberto exploró tranquilamente el taller. Una fila de relucientes violines colgaba de las volutas, todos ellos con sus puentes y sus cuerdas, listos para que alguien los tocara. Bajo el impoluto mostrador de cristal, había filas perfectas de cajitas de colofonia, y puentes de recambio y paquetes de cuerdas. Apoyadas en la pared del fondo del taller, había planchas curadas de pícea y arce a la espera de que las tallaran en forma de instrumentos. Dondequiera que mirase, Alberto veía orden y disciplina. Era el taller de un hombre cuidadoso, que valoraba sus herramientas y a quien podían confiársele los detalles importantes de la vida. Aunque el lutier no debía de haber cumplido aún los cuarenta, ya le escaseaba el pelo en la coronilla, su estatura era media y no podía decirse que fuera guapo. Pero sí poseía una cualidad indispensable: no estaba casado.

Ahí convergían sus intereses. Eloisa, la hija de treinta y cinco años de Alberto, también seguía soltera. Como no era hermosa ni atractiva, tampoco tenía pretendientes y, si nada lo impedía, moriría soltera. El industrioso Bruno, concentrado en su trabajo, era ajeno a la red marital que estaba a punto de cernirse sobre su cabeza. Alberto quería tener nietos y, para eso, necesitaba un yerno.

Bruno sería perfecto.

Ocho meses después, el día de la boda, Alberto sacó el venerable violín de Cremona que Bruno le había reparado. Tocó las gozosas tonadas celebratorias que su abuelo le había enseñado hacía decenios, las mismas que más tarde tocaría a los tres niños nacidos de Eloisa y Bruno. El primero fue Marco, que llegó al mundo chillando y dando patadas y puñetazos, enfadado con la vida desde el principio. Tres años más tarde nació Lorenzo, que casi nunca lloraba porque estaba demasiado ocupado escuchando y volvía la cabeza con cada voz, con el canto de cada ave, con cada nota que Alberto tocaba. Diez años después, cuando Eloisa contaba ya cuarenta y nueve y estaba segura de que no tendría más bebés, asomó al mundo la pequeña Pia, la niña milagro. Aquellos fueron los preciados nietos que Alberto tanto había ansiado, dos niños y una niña, todos ellos mucho más guapos de lo que su abuelo había esperado, teniendo en cuenta la apariencia corriente de sus progenitores.

Pero, de los tres, solo Lorenzo dio muestras de poseer algún talento musical.

A los dos años, habiendo oído una melodía solo un par de veces, ya era capaz de cantarla; quedaba grabada en su memoria como los surcos de un disco fonográfico. A los cinco, ya sabía tocar esa misma tonada en su pequeño violín de un cuarto, que su padre había fabricado expresamente para él en su taller de la Calle della Chiesa. A los ocho, siempre que Lorenzo ensayaba en su cuarto, los que circulaban por la Calle del Forno se detenían a escuchar la música que emanaba de su ventana. Pocos habrían podido sospechar que esas notas tan perfectas eran fruto de las manos de un niño, que provenían de un violín infantil. Lorenzo y su abuelo Alberto a menudo tocaban duetos, y las melodías que brotaban de su ventana atraían a curiosos hasta del Gettho Vecchio. A algunos los conmovían tanto esas notas tan puras y dulces que lloraban en la calle.

A los dieciséis años, Lorenzo ya sabía tocar el Capricho n.º 24 de Paganini, y Alberto supo que había llegado el momento. Una música tan exigente merecía ser tocada con un instrumento apropiado, así que puso su apreciado Cremona en manos del muchacho.

—Pero este es tu violín, abuelo —le dijo Lorenzo.

—Ahora es tuyo. A tu hermano Marco no le gusta la música, solo le interesa la política, y Pia prefiere seguir soñando con su príncipe azul. Pero tú tienes el don. Sabrás hacerlo cantar. Adelante, muchacho —lo instó, asintiendo con la cabeza—, oigamos cómo lo tocas.

Lorenzo se subió el violín al hombro. Por un momento, se limitó a apoyarlo allí, como si esperara que la madera se fusionase con su cuerpo. Hasta seis generaciones habían ido heredando aquel instrumento y aquella misma barbada de ébano había estado en contacto en su día con la mandíbula del abuelo de su abuelo. Almacenadas en la memoria de aquella madera se encontraban todas las melodías que algún día se habían tocado con él, y había llegado el momento de que Lorenzo añadiera las suyas.

El joven acarició las cuerdas con el arco y las notas que manaron de la caja de pícea y arce barnizada estremecieron a Alberto. La primera pieza que interpretó Lorenzo fue una antigua cancioncilla gitana aprendida a los cuatro años, y que ahora tocaba despacio, para apreciar el modo en que la madera hacía resonar cada nota. Luego tocó una vivaz sonata de Mozart, después un rondó de Beethoven y, por último, a Paganini. Por la ventana, el abuelo vio a los transeúntes agolparse y alzar la cabeza hacia el espléndido sonido.

Cuando Lorenzo por fin bajó el arco, el improvisado público rompió a aplaudir.

—Sí —murmuró Alberto, atónito ante la interpretación de su nieto—. Sí, estaba destinada a ser tuya.

—¿«Tuya»?

—Esta belleza tiene nombre, ¿sabes? Nombre de mujer: la Dianora, la Hechicera. Es el que le puso mi abuelo cuando intentaba en vano dominarla. Aseguraba que se resistía a cada acorde, a cada nota. Nunca aprendió a tocar bien y le echaba la culpa a la Dianora. Decía que solo obedecía a quienes estaban destinados a poseerla. Cuando me la entregó a mí y oyó las notas que pude extraer de ella, me dijo: «Estaba escrito que debía ser tuya».

Igual que yo te lo digo ahora —añadió Alberto, poniéndole la mano en el hombro a Lorenzo—. Es tuya hasta que se la legues a tu hijo o a tu nieto. O quizá a una hija. —Alberto sonrió—. Cuídala bien, Lorenzo. Su destino es sobrevivir a muchas generaciones, no solo a la tuya.

5

Junio de 1938

—Mi hija tiene buen oído y una excelente técnica con el chelo, pero me temo que carece de entusiasmo y perseverancia —dijo el profesor Augusto Balboni—. No hay nada como la perspectiva de una actuación en público para extraer lo mejor de un músico, y quizá esa sea la motivación que necesita —añadió mirando a Lorenzo—. Por eso he pensado en ti.

—¿Qué te parece, muchacho? —le preguntó Alberto a su nieto—. ¿Le harías a mi viejo amigo ese pequeño favor y tocarías un dueto con su hija?

Lorenzo miraba alternativamente a Alberto y al profesor, buscando desesperadamente una excusa para escaquearse. Cuando lo habían llamado a la salita, no sabía que por eso le habían pedido que tomase un café con ellos. Su madre había preparado pastel, fruta y galletas espolvoreadas de azúcar, muestra de la gran consideración en que tenía al profesor Balboni, que era compañero de Alberto en el departamento de música de Ca' Foscari, la universidad. Con su exquisito traje hecho a medida y su rubia melena leonina, Balboni resultaba a un tiempo impresionante e intimidatorio. Mientras el abuelo parecía encogerse un poco más cada año, el profesor se encontraba aún en la flor de su masculinidad, y era un hombre de grandes gestos y grandes apetitos, que reía con fuerza y con frecuencia. Durante sus habituales visitas, la voz resonante del profesor se oía incluso desde el cuarto de Lorenzo en la tercera planta.

—Tu abuelo me ha contado que a lo mejor te presentas al certamen musical de Ca' Foscari de este año —dijo Balboni.

—Sí, señor. —Lorenzo miró de refilón a su abuelo, que le dedicó una sonrisa arrepentida—. El año pasado no pude participar porque me hice daño en la muñeca.

—Pero ya estás bien, ¿verdad?

—Suena aún mejor que antes —dijo Alberto—. Y ya ha aprendido que no debe bajar corriendo esas condenadas escaleras.

—¿Qué posibilidades crees que tienes de ganar el premio?

Lorenzo meneó la cabeza.

—No lo sé, señor. Participan algunos músicos excelentes.

—Tu abuelo dice que no hay ninguno mejor que tú.

—Lo dice porque es mi abuelo.

Al oírlo, el profesor rio.

—Sí, ¡todo el mundo ve el talento bajo su propio techo!, pero hace más de veinte años que conozco a Alberto y no es muy dado a exagerar. —Balboni sorbió ruidosamente el café y dejó la taza en el platillo—. ¿Qué tienes, dieciocho años?

—Cumplo diecinueve en noviembre.

—Perfecto. Mi Laura tiene diecisiete.

Lorenzo no conocía a la hija de aquel hombre y la imaginaba parecida a su padre, corpulenta y ruidosa, de manos rollizas y dedos gruesos que debían golpear como martillos el traste del chelo. Vio al profesor agarrar una galleta de la bandeja y cubrirse el bigote de azúcar al mordisquearla. Las manos de Balboni eran lo bastante grandes para alcanzar una octava más tres al piano, razón por la que sin duda había elegido aquel instrumento. En el violín, unos dedos tan gruesos como los suyos terminarían tropezando entre sí.

—Esto es lo que te propongo, Lorenzo —le dijo Balboni, limpiándose el azúcar del bigote—. Me harás un gran favor y no creo que a ti te cueste mucho. Aún quedan meses para el concurso, de modo que hay tiempo de sobra para preparar un dueto.

—Con su hija.

—Ibas a competir en Ca' Foscari de todas formas, así que ¿por qué no entrar en la categoría de dueto de violín y chelo con Laura? Para la pieza de la actuación, había pensado quizá en Carlos Maria von Weber, Opus 65, o un arreglo del rondó n.º 2, Opus 51, de Beethoven. O a lo mejor prefieres una de las sonatas de Campagnoli. Con el nivel tan avanzado que tienes, cualquiera de estas piezas valdría. Laura, como es lógico, tendrá que aplicarse, pero esa es precisamente la motivación que necesita.

—Si ni siquiera la he oído tocar —protestó Lorenzo—. No sé cómo sonaremos.

—Disponéis de meses para ensayar. Seguro que lo conseguiréis.

Lorenzo imaginó hora tras hora de suplicio atrapado en un cuarto asfixiante con aquella muchacha regordeta y torpe. La angustia de oírla reproducir con desacierto las notas. La humillación de compartir el escenario con ella mientras mutilaba a Beethoven o a Von Weber. Ay, ya entendía de qué iba todo aquello. El profesor Balboni quería que a su hija la vieran en las circunstancias más favorables y para eso necesitaba un compañero lo bastante habilidoso como para disimular sus errores. Con suerte su abuelo vería lo que pasaba y le ahorraría aquel mal trago.

Pero el abuelo reaccionó a la mirada de Lorenzo con una sonrisa exasperantemente plácida, como si el arreglo ya se hubiera hablado y acordado. El profesor Balboni era el mejor amigo de su abuelo, por lo que Lorenzo debía acceder.

—Ven a mi casa el miércoles, hacia las cuatro de la tarde —señaló Balboni—. Laura te estará esperando.

—Pero no tengo las partituras de ninguna de las piezas que ha sugerido. Necesitaré tiempo para conseguir copias.

—Yo las tengo en mi biblioteca personal. Se las daré a tu abuelo mañana, en la universidad, para que puedas practicar antes de venir. Si esas piezas no te agradan, tengo más música en casa. Seguro que Laura y tú os pondréis de acuerdo en algo que os guste a los dos.

—¿Y si no es así? ¿Y si descubrimos que no congeniamos como músicos?

Alberto le dedicó una sonrisa tranquilizadora.

—Este acuerdo no es inamovible, Lorenzo. ¿Por qué no conoces a la chica primero y decides si quieres seguir adelante? —le propuso.

Poco antes de las cuatro de la tarde del miércoles siguiente, Lorenzo cruzó el puente en dirección a Dorsoduro cargado con su violín. Era un vecindario de profesores universitarios y académicos, y los edificios de aquella zona eran mucho más suntuosos que los de su modesto domicilio en Cannaregio. Llegó a la dirección de los Balboni en Fondamenta Bragadin y se detuvo, intimidado por la inmensa puerta con aldaba de cabeza de león de bronce. A su espalda, el agua palmoteaba en el canal y las barcas atronaban a su paso. En la pasarela de San Vio, dos hombres discutían cuál de ellos debía pagar un muro dañado. Entre sus voces agitadas, Lorenzo oyó un chelo. Las notas parecían resonar por todas partes a la vez, rebotando en el ladrillo, la piedra y el agua. ¿Procedería aquella música de entre los muros ambarinos de la residencia del profesor?

Hizo oscilar la aldaba de bronce y oyó cómo el impacto de esta reverberaba como un trueno por toda la casa. Se abrió la puerta y una mujer ceñuda y uniformada de ama de llaves lo miró de arriba abajo.

—Disculpe, estoy citado a las cuatro de la tarde.

—¿Eres el nieto de Alberto?

—Sí, señora. He venido a ensayar con la señorita Balboni.

La mujer echó un vistazo al estuche de su violín y cabeceó con sequedad.

—Ven conmigo.

La siguió por un pasillo oscuro, forrado de retratos de hombres y mujeres cuya corpulencia parecía indicar que eran Balboni. En aquella casa imponente, se sentía como un intruso, y sus zapatos de piel rechinaban en el mármol pulido.

—¿Está en casa el profesor? —preguntó tímidamente al ama de llaves.

—No tardará en llegar. —La música del chelo comenzó a oírse con mayor claridad y hasta el aire parecía canturrear al ritmo de sus sonoras notas—. Ha pedido que empecéis a ensayar sin él.

—A la señorita Balboni y a mí no nos han presentado aún.

—Te está esperando. Sobran las presentaciones.

El ama de llaves abrió de golpe una puerta de doble hoja y la música de chelo brotó del interior como dulce miel.

Laura Balboni estaba sentada junto a una ventana, de espaldas a él. Deslumbrado por la luz del sol, solo pudo ver su silueta, con la cabeza inclinada y los hombros hacia delante para abrazar su instrumento. Tocaba sin saber que él la escuchaba y evaluaba con rigor cada nota que extraía de su chelo. Su técnica no era perfecta. De cuando en cuando, oía alguna nota desafinada y la duración de sus semicorcheas era irregular. Sin embargo, su ataque era feroz y hundía el arco en las cuerdas con tanta seguridad que hasta sus errores parecían intencionados, e interpretaba todas las notas sin reparos. En esos instantes, le dio igual el aspecto que tuviera. Podía tener cara de burro y caderas de vaca. Lo único que importaba era la música que emanaba de las cuerdas de su chelo, que tocaba con tal pasión que parecía correr el peligro de prenderle fuego.

—Señorita Balboni, ha llegado el joven al que esperaba —anunció el ama de llaves.

El arco enmudeció de pronto. La joven permaneció un momento arqueada sobre el instrumento, como si se resistiera a poner fin a aquel abrazo. Luego se irguió en la silla y se volvió hacia él.

—Bueno —dijo tras una pausa—, no eres el monstruo que esperaba.

—¿Así es como tu padre me ha descrito?

—Papá no te ha descrito en absoluto. Por eso me esperaba lo peor. Gracias, Alda —le dijo al ama de llaves—. Cierra la puerta para que no te molestemos.

El ama de llaves se retiró y Lorenzo se quedó a solas con aquella extraña criatura. Esperaba una versión femenina del profesor Balboni, con su mismo cuello de toro y su rostro rubicundo, pero lo que vio fue una joven de extraordinaria belleza. Su pelo largo, reluciente como el oro, brillaba a la luz del sol de la tarde. Ella lo miraba directamente a los ojos, pero él no era capaz de decidir si los suyos eran azules o verdes, y su mirada lo distraía tanto que no reparó inmediatamente en sus brazos, repletos de antiguas cicatrices nudosas. Entonces vio la carne marcada y, aunque enseguida alzó de nuevo la mirada a su rostro, no fue capaz de disimular su espanto. Cualquier otra joven con la piel tan desfigurada se habría ruborizado, se habría retraído o habría cruzado los brazos para ocultar las cicatrices, pero Laura Balboni no hizo ninguna de esas cosas. Los mantuvo a plena vista, como si estuviera orgullosa de ellos.

—Tocas muy bien —le dijo.

—Parece que te sorprende.

—Lo cierto es que no sabía qué esperar.

—¿Qué te ha contado mi padre de mí?

—No mucho. Debo reconocer que eso me hizo recelar.

—¿No estarías esperando un monstruo tú también?

Lorenzo rio.

—Pues sí, la verdad.

—¿Y qué piensas ahora?

¿Que qué pensaba? Desde luego era hermosa y tenía mucho talento, pero también daba un poco de miedo. Nunca había conocido a una chica tan descarada, y su mirada directa lo dejaba sin habla.

—Déjalo, no hace falta que contestes. ¿No vas a sacar el violín? —añadió, señalando el estuche de Lorenzo.

—Entonces, ¿quieres seguir adelante con esto, preparar un dueto?

—A menos que prefieras hacer otra cosa conmigo.

Lorenzo se ruborizó y se dispuso a sacar de inmediato el instrumento. Notó que lo escudriñaba y supuso lo insignificante que debía parecerle: alto y desgarbado, con los zapatos gastados y el cuello de la camisa raído. No se había vestido con particular esmero para la visita porque no tenía interés alguno en impresionar al monstruo de Laura. Pero, después de conocerla, lamentó amargamente no haberse puesto su mejor camisa, ni haberse abrillantado los zapatos. La primera impresión es la que perdura y ya nunca podría retroceder en el tiempo y rectificar. Con resignación, afinó el violín y tocó unos arpegios para calentar los dedos.

—¿Por qué has accedido a venir? —preguntó ella.

Él se concentró en untar de colofonia el arco.

—Porque tu padre pensaba que haríamos un dúo excelente.

—¿Y has aceptado solo porque te lo ha pedido?

—Es amigo y compañero de mi abuelo.

—Razón por la que no podías haberte negado —replicó ella, suspirando—. Debes ser sincero conmigo, Lorenzo. Si no te apetece hacer esto, dímelo ahora. Le diré a mi padre que ha sido cosa mía.

Se volvió a mirarla, y esa vez no fue capaz de apartar los ojos de ella. Ni quería hacerlo.

—He venido a tocar contigo —dijo—. Y eso es lo que deberíamos hacer.

Ella asintió con sequedad.

—¿Empezamos por Von Weber y vemos si los instrumentos combinan bien?

Laura colocó la partitura de Von Weber en su atril. Lorenzo había olvidado llevarse el suyo, así que se puso a su espalda para leer la partitura por encima de su hombro. Estaban tan cerca que podía percibir su aroma, dulce como pétalos de rosa. Su blusa tenía las mangas abullonadas y rematadas de encaje, y alrededor del cuello llevaba una delicada cadena de la que colgaba una diminuta cruz, justo por encima del primer botón de la blusa. Sabía que los Balboni eran católicos, pero la visión de aquella resplandeciente cruz dorada sobre su esternón le hizo titubear.

Antes de que Lorenzo pudiera encajarse el violín bajo la barbilla, Laura inició los cuatro primeros compases. El tempo era moderado y las notas introductorias sonaron melosas y líricas. Quizá sus brazos estuvieran atrapados en esas horrendas cicatrices, pero eran capaces de extraer magia de su chelo. Se preguntó cómo se habría quemado. ¿Se habría caído a la chimenea de niña? ¿Se habría volcado un puchero hirviendo en la cocina? Cuando cualquier otra chica habría llevado mangas largas, Laura exhibía sin reparos su desfiguración.

En el quinto compás, el violín de Lorenzo se incorporó a la melodía. Unidos en perfecta armonía, se fusionaron en una sola voz mucho más grandiosa que la mera suma de sus instrumentos. ¡Así era como debía sonar Von Weber! Pero era una pieza corta y llegaron enseguida al último compás. Aun después de que los dos levantaran los arcos, sus últimas notas parecían flotar en el aire como un suspiro lastimero.

Laura lo miró boquiabierta.

—No sabía que esta pieza fuese tan hermosa.

—Yo tampoco —dijo él, mirando fijamente el atril.

—¡Toquémosla otra vez!

A su espalda, oyó carraspear a alguien. Al volverse, Lorenzo vio al ama de llaves, Alda, cargada con una bandeja en la que llevaba unas tazas de té y unas pastas. Lo ignoró por completo, miró únicamente a Laura.

—El té que ha pedido, señorita Balboni.

—Gracias, Alda —dijo Laura.

—El profesor ya debería haber llegado a casa.

—Ya sabes cómo es. Papá no es esclavo de ningún horario. Ah, Alda, esta noche seremos tres a cenar.

—¿Tres? —Solo entonces se dignó el ama de llaves a mirar a Lorenzo—. ¿El joven se queda?

—Perdona, Lorenzo, tendría que habértelo preguntado primero —se excusó Laura—. ¿O tienes otros planes para esta noche?

El joven miró alternativamente a Laura y al ama de llaves y notó una incómoda y desagradable tensión. Pensó en su madre, que estaría preparando la cena en esos momentos, y luego en la cruz dorada que colgaba de cuello de Laura.

—Me esperan en casa para cenar. Me temo que debo declinar la invitación.

Alda esbozó una sonrisa de satisfacción.

—Entonces serán solo dos esta noche, como de costumbre —espetó, y se retiró.

—¿Tan pronto debes irte? ¿No puedes tocar otra pieza conmigo? —inquirió Laura—. Mi padre me ha propuesto a Campagnoli o el rondó de Beethoven para el certamen, aunque debo confesar que ninguna de las dos me entusiasma.

—Pues elegimos otra.

—Pero no he ensayado nada más.

—¿Te gustaría probar un dueto que no has ensayado?

—¿Y qué dueto sería ese?

Lorenzo metió la mano en el bolsillo del estuche de su violín y sacó dos partituras que colocó en el atril de Laura.

—Prueba esto. Creo que puedes repentizarlo.

—*La Dianora* —leyó ella, ceñuda—. Interesante nombre para una tonada.

Cogió el arco de su chelo y abordó el primer compás con entusiasmo.

—¡No, no! Lo tocas demasiado rápido. Se supone que es un adagio. Si empiezas tan rápido, no habrá sorpresa cuando cambie a presto.

—¿Y cómo iba yo a saberlo? —se defendió ella—. No pone «adagio» en ninguna parte. ¡Y jamás había visto esta música antes!

—Claro que no. Acabo de terminar de componerla.

Ella lo miró estupefacta.

—¿La has compuesto tú?

—Sí.

—¿Y por qué la llamas *La Dianora?* ¿La Hechicera?

—Así es como se llama mi violín, la Dianora. Aún estoy revisando la segunda mitad porque no suena bien del todo, pero creo que el motivo general es convincente. Además, este arreglo permite brillar a los dos instrumentos y eso jugará a nuestro favor en un certamen de duetos.

—¡Ah, ese condenado certamen! —dijo Laura, suspirando—. ¿Por qué hay que saber siempre quién es el mejor, quién es el número uno? Ojalá pudiera tocar música solo para mi disfrute.

—¿No estás disfrutando ahora?

Laura guardó silencio un instante y estudió la partitura.

—Sí —dijo, como sorprendida—. Sí, estoy disfrutando. Pero el tener que estar pendiente de ese certamen lo cambia todo.

—¿Por qué?

—Porque entonces ya no es divertido. Entra en juego el orgullo. Hay algo que deberías saber de mí, Lorenzo: no me gusta perder, nunca. —Lo miró—. Si vamos a competir por ese premio, mi intención, evidentemente, es ganar.

6

Todos los miércoles de los dos meses siguientes, Lorenzo cruzaba el puente hasta Dorsoduro. A las cuatro de la tarde, llamaba a la puerta de Fondamenta Bragadin y el ama de llaves de gesto permanentemente agrio le hacía pasar. Laura y él ensayaban *La Dianora*, luego hacían un descanso para tomar té con pastas, momento en el que el profesor Balboni en ocasiones se unía a ellos. Después tocaban lo que les apetecía, pero, al final de la sesión, siempre retomaban *La Dianora*, que habían escogido como pieza para el certamen.

La parte del chelo frustraba a Laura. Lorenzo se lo veía en la cara: el ceño profundamente fruncido, la mandíbula apretada.

—¡Otra vez! —exigía tras ejecutar con dificultad un fragmento particularmente complicado. Y después de la siguiente ejecución imperfecta—: ¡Otra vez! —Y luego—: ¡Una vez más!

Aquella joven era tan fiera que a veces lo asustaba. Luego, cuando tras pelearse con aquel condenado fragmento una hora, de pronto le salía bien, estallaba en carcajadas de satisfacción. En el transcurso de una misma tarde, lograba sorprenderlo, frustrarlo y hechizarlo.

El miércoles dejó de ser un día como cualquier otro. Para él, era «el día de Laura», el día en que entraba en su casa, en su mundo, y se olvidaba del propio. El día en que podía sentarse rodilla con rodilla a su lado, lo bastante cerca como para ver el brillo del sudor en su rostro y oír cómo inhalaba suavemente mientras atacaba las cuerdas con el arco. Un dueto era mucho más que dos instrumentos que tocaban juntos. Se trataba también de que ambos se fundieran en perfecta armonía, de que conectaran sus pensamientos y sus corazones de forma tan absoluta que Lorenzo supiera en qué preciso instante su compañera levantaría el arco y dejaría que la última nota se extinguiese.

Cuanto más se acercaba el certamen, más se acercaban ellos a la perfección. Lorenzo se imaginaba con ella en el escenario de Ca' Foscari, el resplandor de sus instrumentos bajo los focos, el vestido de Laura amontonado en el suelo alrededor de su silla. Imaginaba su impecable interpretación y la sonrisa triunfante en el rostro de ella. Laura y él se cogerían de la mano y harían una reverencia tras otra mientras el público aplaudía.

Luego recogerían sus instrumentos, se dirían adiós y ahí se acabaría todo. Ya no habría más ensayos, ni más tardes con Laura. «Debo recordar este momento. Cuando nos separemos, esos recuerdos serán lo único que me quede de ella.»

—¡Ay, por Dios, Lorenzo! —espetó ella—. ¿Dónde tienes la cabeza hoy?

—Perdona. Me he perdido, no sé por qué compás íbamos.

—Por el veintiséis. Has hecho algo raro, y ya no vamos a la par —protestó—. ¿Qué te pasa?

—Nada. —Giró el hombro, se masajeó el cuello—. Que llevamos horas así.

—¿Tomamos otro té?

—No, continuemos.

—¿Tienes prisa por marcharte?

Dejarla era lo último que quería hacer, pero eran casi las ocho y había empezado a colarse en la sala el aroma de la cena procedente de la cocina.

—Es tarde. No quisiera abusar de vuestra hospitalidad.

—Lo comprendo. —Suspiró—. Sé que te cuesta estar aquí atrapado conmigo.

—¿Cómo dices?

—No tenemos por qué caernos bien. Solo tenemos que tocar bien juntos, ¿de acuerdo?

—¿Qué te hace pensar que no me gusta estar contigo?

—¿No es evidente? Te he invitado tres veces a cenar. Has declinado la invitación las tres veces.

—Laura, no lo entiendes…

—¿Qué es lo que tengo que entender?

—Supuse que me invitabas por cortesía.

—Cortesía sería una invitación. Tres, sin duda, van más allá de la mera cortesía.

—Lo siento. Sé que a Alda no le agrada que yo esté aquí y no quería complicar las cosas.

—¿Acaso te lo ha dicho?

—No, pero se lo veo en la cara. Por cómo me mira.

—Ah, que eres vidente. Miras a Alda y ya sabes lo que está pensando. Y, vaya, no le caes bien, así que, como es lógico, no te atreves a aceptar mis invitaciones. ¿Te desanimas tan fácilmente con todo en esta vida, Lorenzo?

La miró fijamente, dolido por la verdad de lo que le decía. Laura jamás se dejaría intimidar así. Era más valiente de lo que él sería jamás, lo bastante valiente para agitar sus feas cicatrices como banderas escarlata. Ahora lo retaba a ser tan atrevido como ella y decir exactamente lo que pensaba, sin importarle las consecuencias.

Con tristeza, soltó el chelo.

—Tienes razón —dijo—. Se hace tarde. Nos vemos la semana que viene.

—Claro que me gusta estar contigo, Laura. De hecho, no hay lugar en el que me apetezca más estar que aquí contigo.

—¿Eso lo dice tu verdadero yo, o el diplomático que procura ser cortés para no ofenderme?

—Es la verdad —replicó él en voz baja—. Me paso la semana deseando que llegue el miércoles para estar aquí contigo. Pero no se me da tan bien como a ti decir lo que pienso. Eres la chica más valiente que he conocido. —Se miró los pies—. Sé que soy demasiado cauto, siempre lo he sido. Tengo miedo de hacer o decir algo equivocado. Solamente me siento valiente, valiente de verdad, cuando toco.

—Muy bien, pues toquemos. —Cogió el chelo y el arco—. A lo mejor así esta noche eres lo bastante valiente como para quedarte a cenar.

—¡Más vino, bebamos más vino! —dijo el profesor Balboni, y les rellenó las copas.

¿Era ya la cuarta o la quinta? Lorenzo había perdido la cuenta, pero ¿qué más daba? Durante toda la velada, se había visto inmerso en una nebulosa de felicidad. En el fonógrafo, sonaba música de Duke Ellington mientras cenaban el delicado caldo de verdura picada de Alda, seguido de un *fegato* con patatas y rematado por un pastel, y fruta, y frutos secos. Jamás había disfrutado tanto de una comida, aún más deliciosa por las personas con las que la había compartido. Laura estaba sentada frente a él, con los brazos desnudos, a plena vista, y la visión de sus cicatrices ya no lo espantaba. No, esas cicatrices eran otra de las razones por las que la admiraba. Eran testimonio de su valentía, de su voluntad de revelar exactamente quién era, sin reparos.

Su padre era igual de franco, con sus comentarios vulgares y su risa escandalosa. Balboni quería saber qué opinaba su invitado de todo: qué le parecía el jazz, si prefería a Louis Armstrong o a Duke Ellington, si creía que el violín tenía alguna relevancia en la música moderna…

Después le preguntó:

—¿Qué planes tienes para el futuro?

¿El futuro? Lorenzo apenas podía ver más allá del certamen, que tendría lugar en tres semanas.

—Me propongo asistir a Ca' Foscari, como mi hermano Marco —contestó.

—¿Qué estudiarás en la universidad?

—Marco me ha aconsejado que me especialice en Políticas. Dice que así encontraré trabajo.

El profesor soltó un bufido.

—Te sentirás enterrado en vida si estudias algo tan aburrido. Lo tuyo es la música. ¿No estás dando ya clases de violín?

—Sí, señor, tengo siete alumnos, todos ellos de ocho o nueve años. Mi padre cree que deberíamos combinar nuestros negocios: yo daría clases de violín y él proporcionaría instrumentos a mis alumnos. Quiere que me haga cargo de su tienda algún día, pero dudo que yo pudiera ser buen lutier.

—Porque no eres carpintero, sino músico, algo que tu abuelo supo ver cuando no eras más que un niño. Seguro que podrías encontrar un puesto en alguna orquesta. O quizá deberías marcharte al extranjero, a Estados Unidos, por ejemplo.

—¿A Estados Unidos? —inquirió Lorenzo, riendo—. ¡Qué fantasía!

—¿Por qué no ser ambicioso? No es imposible.

—Tendría que dejar a mi familia.

Miró a Laura, sentada frente a él. «Tendría que dejarla a ella.»

—Creo sinceramente que deberías emigrar, Lorenzo. Este país nuestro está cambiando, y demasiado rápido —añadió Balboni en un tono de pronto apagado—. No corren buenos tiempos. He hablado con Alberto de otras posibilidades, de lugares en los que vuestra familia podría instalarse.

—Mi abuelo jamás se marcharía de Italia y mi padre no puede abandonar su negocio. Ya se ha hecho con una reputación y tiene clientes fijos.

—Sí, de momento puede que su negocio esté a salvo, un buen lutier no brota de un día para otro, así que no es fácil reemplazarlo, pero quién sabe lo que hará el régimen después, qué nuevos decretos dictará el Ministerio del Interior.

Lorenzo asintió con la cabeza.

—Marco no para de decir eso mismo. Todos los días descubre alguna nueva atrocidad en las noticias.

—Eso es porque tu hermano está atento.

—Mi padre dice que no hay por qué preocuparse, que esos decretos son juegos políticos, pura fachada, pero que el gobierno jamás se volverá contra nosotros. Que debemos confiar en Mussolini.

—¿Por qué?

—Porque él sabe que somos ciudadanos leales. No para de decirlo: aquí no hay problema con los judíos. —Lorenzo bebió, tranquilo, un sorbo de vino—. Italia no es Alemania.

—¿Eso es lo que dice tu padre?

—Sí, y mi abuelo también. Creen que Mussolini siempre nos apoyará.

—Bueno, entonces quizá tengan razón. Espero que así sea. —Balboni se recostó en el asiento, como si el esfuerzo de mantener animada la conversación lo hubiera agotado—. Eres optimista, Lorenzo, como tu abuelo. Por eso Alberto y yo somos tan buenos amigos. Con él, nada de fatalidades ni tristezas, solo buen ánimo, aún en los malos momentos.

Pero aquella velada era uno de los buenos, se dijo Lorenzo. ¿Cómo no iba a serlo si Laura le sonreía, corría el vino y sonaba un jazz excelente en el fonógrafo? Ni siquiera la fría expresión del rostro de Alda podía empañar el placer de estar sentado a la mesa de Balboni.

Era más de la una de la madrugada cuando salió de su casa. Recorrió las calles desiertas rumbo a su propio barrio, Cannaregio, sin preocuparse de los peligros que pudieran acecharlo por el camino, ni temer que una banda de delincuentes lo asaltara. No, esa noche era inmune al infortunio, caminaba protegido por una nube de felicidad. La familia Balboni lo había acogido en su seno, lo habían aceptado como amigo, elogiado como artista. La propia Laura lo había acompañado a la puerta y aún la recordaba enmarcada en aquel rectángulo de luz, diciéndole adiós con la mano. Aún la oía gritarle: «¡Hasta el miércoles, Lorenzo!».

Tarareaba la melodía de *La Dianora* cuando entró en su casa y colgó el abrigo y el sombrero.

—¿Qué te tiene tan condenadamente feliz esta noche? —preguntó Marco.

Lorenzo se volvió y vio a su hermano en el umbral de la puerta de la cocina. No le sorprendió que Marco estuviera aún despierto: era de noche cuando su hermano parecía estar vivo de verdad, y solía pasarlas en vela, discutiendo de política con amigos, o leyendo con fruición los últimos periódicos o panfletos. Marco tenía el pelo tieso, de punta, como si se hubiera estado pasando los dedos por él. Esa noche parecía un matón, sin afeitar, con la camiseta interior sucia y por fuera de los pantalones.

—Mamá y Pia estaban preocupadas por ti —le dijo su hermano.

—Después del ensayo, me han invitado a cenar.

—Ah, ¿sí?

—Lo he pasado de maravilla. ¡Ha sido la mejor noche de mi vida!

—¿Con eso basta para hacerte feliz, que te dejen quedarte a cenar?

—Que me «dejen quedarme», no. Que me inviten. No es lo mismo, ¿sabes?

Cuando Lorenzo se disponía a subir las escaleras, Marco lo agarró del brazo.

—Ándate con cuidado, hermanito. A lo mejor te parece que están de tu lado, pero ¿qué certeza tienes?

Lorenzo se zafó de él con violencia.

—No todo el mundo está en contra nuestra, Marco. Algunas personas están de nuestra parte.

Subió con su violín al dormitorio del ático y abrió la ventana para que entrase aire fresco. Ni siquiera Marco podía estropearle esa noche. Tenía ganas de cantar, de proclamar al mundo la velada tan especial que había pasado con Laura y su padre. Todo era alegría y felicidad en casa de los Balboni, donde corría el vino, sonaba el jazz y cualquier cosa parecía posible. «¿Por qué no ser ambicioso?», lo había tentado el profesor Balboni.

Esa noche, tumbado en la cama, Lorenzo hizo eso: se atrevió a soñar con América, con Laura, con un futuro juntos. Sí, cualquier cosa parecía posible.

Hasta el día siguiente, en que el profesor llamó a su puerta cargado de noticias que les cambiarían la vida.

7

Septiembre de 1938

—¿Cómo han podido hacerme esto en Ca' Foscari? —protestó Alberto—. ¡Llevo treinta y cinco años dando clases allí! ¿Y ahora me despiden sin motivo, sin previo aviso?

—Ha habido montones de avisos, abuelo —lo contradijo Marco—. Hace meses que te lo digo. Has visto los editoriales de *Il Tevere*, de *Quadrivio*.

—Esos periódicos no publican más que bobadas racistas. Nadie pensaba que todo eso fuera a ocurrir de verdad.

—Ya leíste el «Manifiesto de la raza», el de los científicos racistas, advertencia clarísima de lo que iba a suceder, y que ahora está pasando.

—Pero ¿que la universidad me haya despedido, sin motivo?

—Tienen motivo. Eres judío, y esa es razón más que suficiente para ellos.

Alberto se volvió hacia su compañero Balboni, que estaba sentado, negando con la cabeza. La familia entera se había reunido en torno a la mesa del comedor, pero no había comida, ni refrescos a la vista; la madre de Lorenzo estaba tan angustiada por la noticia que había descuidado sus deberes de anfitriona y se había dejado caer en una silla, muda de angustia.

—Será solo una medida temporal —intervino el padre de Lorenzo—. Un gesto vacío con el que ganarse el favor de Berlín. —Bruno, que siempre había sido admirador de Mussolini, se negaba a creer que *Il Duce* fuera a darles la espalda—. Además, ¿qué me dices del profesor Leone? Su mujer no es judía y, con esto, la castigaría a ella también. Escucha bien lo que te digo: en unas semanas, dará marcha atrás. La universidad no podrá funcionar sin su claustro judío.

—¿Has leído el memorando, papá? —preguntó Marco, alzando las manos, desesperado—. La orden afecta también a los alumnos. ¡Nos han echado de todas las escuelas de Italia!

—Han hecho una pequeña concesión —dijo Balboni—: los alumnos de último curso están exentos, con lo que tú podrás terminar tus estudios, Marco. Pero Lorenzo… —Meneó la cabeza—. No podrá entrar en Ca' Foscari, ni en ninguna otra universidad de Italia.

—Aunque me dejen terminar, ¿de qué servirá mi título? —señaló Marco—. Nadie querrá contratarme.

De pronto, se le empañaron los ojos y apartó la mirada. Con lo mucho que había estudiado, siempre tan seguro de su camino en la vida. Serviría a Italia como sus héroes, Volpi y Luzzatti. Había soñado con ser diplomático, y se había preguntado qué idiomas debía estudiar, en qué países trabajaría algún día. A los ocho años, había fijado con chinchetas un mapa del mundo a la pared de su cuarto, un mapa que había repasado tantas veces con los dedos que algunas zonas se habían emborronado. Ahora esas esperanzas habían muerto porque Italia lo había traicionado, Italia los había traicionado a todos.

Se limpió los ojos con rabia.

—¡Y mira lo que le han hecho al pobre abuelo! Lleva media vida dando clases en Ca' Foscari. Y ahora no es nadie.

—Sigue siendo profesor, Marco —dijo Balboni.

—Un profesor sin ingresos. Pero, claro, a los judíos no nos hace falta comer. Vivimos del aire, ¿no?

—¡Marco! —lo reprendió su madre—. No faltes al respeto al profesor Balboni; él no es responsable de esto.

—¿Qué van a hacer él y sus compañeros al respecto?

—Estamos horrorizados, por supuesto —respondió el profesor—. Hemos redactado una protesta. Yo la he firmado, como lo han hecho decenas de miembros más del claustro.

—¿Decenas? ¿No la han firmado todos?

Balboni agachó la cabeza.

—No —reconoció—. Algunos temen ser represaliados si firman, y otros… —Se encogió de hombros—. Bueno, nunca os han tenido mucho aprecio. Además, se rumorea que lo peor está por llegar. Que se propondrán leyes que afectarán a los judíos de otras profesiones. Ya os lo he dicho: todo es consecuencia de ese condenado «Manifiesto de la raza», que ha desatado esta locura. Ha hecho que todo el mundo se crea con derecho a culparos de los males de la nación.

El manifiesto, publicado en *Il Giornale d'Italia* un mes antes, había enfurecido a Marco, que había irrumpido en la casa indignado, gritando: «¡Ahora resulta que no somos italianos de verdad! ¡Que somos una raza extranjera!». Desde entonces, no había hablado de otra cosa. Se había llevado a casa panfletos y diarios para leerlos detenidamente por las noches y alimentar así su rabia. Todas las comidas familiares se convertían en un campo de batalla porque su padre y su abuelo seguían siendo fieles fascistas y no estaban dispuestos a creer que Mussolini les hubiese dado la espalda. Las discusiones a la hora de la cena se habían vuelto tan acaloradas que su madre, en una ocasión y para sorpresa de todos, había dado un golpe con un cuchillo en la mesa y sentenciado: «¡Se acabó! Si vais a mataros, tomad el cuchillo. ¡Al menos así volverá a haber paz en esta casa!».

Otra discusión estaba a punto de estallar y Lorenzo vio cómo a su hermano se le abultaban las venas del cuello, de la rabia, y su madre tensaba los dedos a modo de garras encima de la mesa.

—Tiene que haber un modo de recurrir este memorando —dijo Alberto—. Escribiré una carta al periódico.

—Huy, sí —espetó Marco con sorna—, ¡una carta lo cambiará todo!

Bruno le dio a su hijo un manotazo en la cabeza.

—¿Y qué harías tú? ¡Con lo listo que eres, seguro que sabes qué hacer!

—¡Por lo menos no estoy ciego ni sordo como el resto de la familia!

Marco se levantó y, al hacerlo, empujó la silla hacia atrás con tanta fuerza que la volcó. La dejó tirada en el suelo y salió airado de la habitación.

Su hermana Pia fue como un resorte detrás de él.

—¡Marco! —lo llamó—. No te vayas, por favor. ¡Odio que os peleéis así!

La oyeron salir corriendo de casa, detrás de su hermano, llamándolo a voces. De todos ellos, Pia, la pequeña de nueve años, era la auténtica diplomática de la familia, siempre angustiada por las discusiones, siempre ansiosa por negociar la paz. Su voz fue perdiéndose por la calle, pero no cejó en su empeño de hacer volver a Marco.

Dentro de la vivienda se hizo un largo e incómodo silencio.

—¿Y qué vamos a hacer ahora? —preguntó Eloisa tímidamente.

El profesor Balboni meneó la cabeza.

—No se puede hacer nada. Mis colegas y yo presentaremos nuestra petición a la universidad. Algunos de nosotros estamos redactando cartas para el periódico también, pero confiamos poco en que lleguen a publicarse. Todo el mundo está nervioso, todos temen una reacción violenta. Quienes se opongan al régimen podrían sufrir represalias.

—Debemos declarar pública y rotundamente nuestra lealtad —dijo Alberto—. Recordarles todo lo que hemos hecho por el país. Las guerras en las que hemos servido, defendiendo a Italia.

—No valdrá de nada, amigo mío. Vuestro sindicato judío no ha parado de publicar notas de prensa haciendo constar su fidelidad. ¿Y para qué?

—Entonces, ¿qué otra cosa podemos decir? ¿Qué más podemos hacer?

Balboni meditó bien sus próximas palabras y todo su cuerpo pareció doblarse por el peso de aquella respuesta.

—Tendríais que pensar en abandonar el país.

—¿Marcharnos de Italia? —Alberto se agarrotó en el asiento, indignado—. Mi familia lleva cuatro siglos en este país. ¡Soy tan italiano como tú!

—No te lo discuto, Alberto. Solo te estoy dando un consejo.

—¿Qué clase de consejo es ese? ¿Que abandonemos nuestro país? ¿Tan poco valoras nuestra amistad que nos meterías en el primer barco?

—Por favor, ¿no entiendes que...?

—¿Qué tengo que entender?

—Que corren rumores —contestó el profesor Balboni en un susurro—. Mis colegas del extranjero me han contado cosas.

—Sí, todos hemos oído esos rumores. Y no son más que eso, rumores propagados por esos sionistas locos que quieren que demos la espalda al régimen.

—Pero yo estoy prestando oídos a lo que me cuentan las personas que conozco para tener elementos de juicio —se explicó el profesor—. Dicen que ya están pasando cosas en Polonia. Se habla de deportaciones en masa.

—¿Adónde? —preguntó Eloisa.

—A campos de trabajo. —Balboni la miró—. Las mujeres y los niños también. De todas las edades, sanos o enfermos. Los están arrestando y trasladándolos. Se les han expropiado sus hogares y sus pertenencias. Algunas de las cosas que he oído son demasiado horribles para creerlas, y no voy a repetirlas, pero está ocurriendo en Polonia...

—Aquí no pasará —sentenció Alberto.

—Confías demasiado en el régimen.

—¿En serio esperas que nos marchemos? ¿Adónde íbamos a ir todos?

—A Portugal o a España. A Suiza, quizá.

—¿Y de qué íbamos a vivir en Suiza? —preguntó Alberto señalando a su yerno, al que le estaba costando visiblemente procesar aquel nuevo revés en sus vidas—. Bruno tiene clientes fieles. Se ha pasado la vida forjándose una reputación.

—No vamos a ninguna parte —declaró Bruno con brusquedad. Se irguió en el asiento y miró a su esposa—. Tu padre tiene razón. ¿Por qué íbamos a marcharnos? No hemos hecho nada malo.

—Pero esos rumores… —dijo Eloisa—. Imagínate a Pia en un campo de trabajo…

—¿Prefieres que se muera de hambre en Suiza?

—Ay, Dios mío. No sé qué vamos a hacer.

Pero Bruno sí. Era el cabeza de familia y, aunque rara vez imponía su criterio, en esa ocasión dejó claro que era él quien estaba al mando.

—No pienso abandonar todo lo que he conseguido con mi esfuerzo. Mi taller está aquí, mis clientes están aquí. Y Lorenzo tiene aquí a sus alumnos de violín. Nos las arreglaremos juntos.

—Bien, estamos de acuerdo, entonces —dijo Alberto, poniendo una mano en el hombro de su yerno—. Nos quedamos.

Balboni suspiró.

—Sé que ha sido una sugerencia drástica el proponeros que abandonarais el país, pero debía deciros lo que pienso. Si los acontecimientos se precipitaran, si las circunstancias empeoraran de pronto, posiblemente no os quede otra opción que marcharos. Esta podría ser vuestra mejor ocasión. —Se levantó de la mesa—. Lamento haber sido portador de tan malas noticias, amigo mío. Quería advertiros antes de que os enterarais por cualquier otro.

—Miró a Lorenzo—. Ven conmigo a dar un paseo, jovencito. Quiero hablarte de tus ensayos con Laura.

Lorenzo lo siguió afuera, pero el profesor no dijo ni una palabra mientras caminaban juntos hacia el canal. Parecía sumido en sus pensamientos, con las manos cruzadas a la espalda y el ceño fruncido.

—Yo tampoco quiero irme de Italia —manifestó Lorenzo.

Balboni lo miró distraído, como si le sorprendiera que aún estuviese a su lado.

—Claro que no. A nadie le apetece desarraigarse. No esperaba otra cosa de ti.

—En cambio, nos aconseja que nos vayamos.

El profesor se detuvo en el callejón y lo miró a la cara.

—Eres un joven sensato, Lorenzo. Al contrario que tu hermano Marco, que temo que haga alguna insensatez que os traiga la desgracia a todos. Tu abuelo siempre ha hablado maravillas de ti. Yo mismo he podido comprobar lo mucho que prometes como músico, y como hombre. Por eso te insto a que prestes atención a lo que sucede a nuestro alrededor. Pese a sus defectos, tu hermano al menos ve ese patrón que empieza a repetirse. Y tú también deberías verlo.

—¿Qué patrón?

—¿No has observado que ahora todos los diarios dicen lo mismo y que todos están en contra de los judíos? El movimiento lleva años avanzando a un ritmo constante. Un editorial aquí, un memorando oficial allí. Como si todo esto fuese una campaña cuidadosamente orquestada.

—El abuelo dice que no son más que paparruchas de gente ignorante.

—Cuidado con los ignorantes, Lorenzo. Son los enemigos más peligrosos porque están por todas partes.

No hablaron del asunto cuando Lorenzo fue a ensayar el miércoles siguiente, ni el otro. Cenó con los Balboni en ambas ocasiones, pero, en la mesa, se habló solo de música, de los últimos discos que habían escuchado. ¿Qué pensaba Lorenzo de Shostakovich? ¿Iban a ver todos la nueva comedia musical de Vittorio De Sica? Y qué tristeza enterarse del fallecimiento en Génova del distinguido lutier Oreste Candi. Era como si se esforzaran por no hablar de los nubarrones de tormenta que se cernían sobre sus cabezas y, en cambio, prefirieran una charla agradable y trivial.

No obstante, el tema aún acechaba la sala, inquietante como el sombrío rostro de Alda, que entraba y salía con sigilo, recogiendo la mesa entre platos. Lorenzo se preguntaba por qué los Balboni tenían a su servicio a una mujer tan desagradable. Había sabido que el ama de llaves ya estaba con la familia antes de que naciera Laura y que había sido la doncella personal de su madre, fallecida de leucemia diez años atrás. Quizá, después de tanto tiempo, se hubieran acostumbrado a su pétreo semblante, igual que uno se acostumbra a vivir con un pie zopo o una rodilla lastimada.

Tres días antes del certamen, Lorenzo cenó con los Balboni por última vez.

El ensayo definitivo había ido muy bien, tanto que el profesor se había puesto en pie y había aplaudido.

—¡No hay otro dúo que os iguale! —declaró—. Vuestros instrumentos son como dos almas que cantan al unísono. ¿Por qué no celebramos hoy vuestro triunfo? Abriré una botella de vino especial.

—Aún no hemos ganado el premio, papá —protestó Laura.

—Una mera formalidad. Ya tendrían que estar escribiendo vuestros nombres en el diploma. —Sirvió el vino y ofreció una copa a su hija y otra a Lorenzo—. Si tocáis tan bien como esta noche, es imposible que perdáis. Lo sé porque he oído a los otros concursantes —añadió, guiñándoles un ojo.

—¿Cómo, papá? ¿Cuándo? —quiso saber Laura.

—Hoy, en la universidad. El profesor Vettori ha estado preparando a algunos de los otros dúos. Mientras tocaban, yo estaba casualmente al otro lado de la puerta de la sala de ensayos.

—¡Qué pillo, papá!

—¿Por qué? ¿Qué iba a hacer, taparme los oídos? Tocaban tan fuerte que se oía hasta la última insufrible nota. Venid, vamos a brindar —dijo, alzando la copa.

—Por el premio —brindó Laura.

—¡Por unos jueces competentes! —propuso su padre.

Laura miró sonriente a Lorenzo. Jamás la había visto tan hermosa, con el rostro sonrosado por el vino y el cabello como oro líquido a la luz de la lámpara.

—¿Por qué brindas tú, Lorenzo? —le preguntó ella.

«Por ti, Laura —pensó—. Por todos los preciosos momentos que hemos compartido.»

Lorenzo levantó su copa.

—Por lo que nos ha unido. Por la música.

Lorenzo se detuvo a la puerta de la casa de los Balboni e inspiró el aire húmedo de la noche. Inmóvil, al frío, escuchó el chapoteo del agua en el canal y procuro memorizar esa noche, ese instante. Sería su última visita a aquella casa y no estaba preparado para digerir el final. ¿Qué otra cosa podía esperar del futuro? No pudiendo matricularse en Ca' Foscari, no le quedaba más que una eternidad en el taller de su padre, tallando y lijando madera, construyendo instrumentos para otros músicos. Él envejecería en ese espacio sombrío y polvoriento, convirtiéndose en una versión amarga de su padre; ella, por el contrario, seguiría adelante. Para Laura habría universidad y los placeres de la vida de estudiante. Habría fiestas, conciertos, películas.

Habría jóvenes que la rondarían con la esperanza de llamar su atención. Con solo vislumbrar su sonrisa u oír su melodiosa risa quedarían hechizados. Ella se casaría con uno de esos jóvenes y tendrían hijos, y se olvidaría por completo de las tardes de miércoles de años anteriores en que el violín de Lorenzo y su chelo habían sonado juntos tan melodiosamente.

—Esto no acabará bien, y lo sabes. —Sobresaltado por la voz, se volvió tan bruscamente que el estuche de su violín arañó la pared. Alda acechaba en la penumbra del callejón contiguo a la residencia de los Balboni, con el rostro apenas visible al resplandor de la farola—. Ponle fin ya —prosiguió—. Dile que no puedes participar en el certamen.

—¿Quiere que abandone? ¿Qué explicación voy a darle?

—La que sea. Échale imaginación.

—Llevamos meses ensayando. Estamos preparados para actuar. ¿Por qué voy a retirarme ahora?

Su respuesta, que pronunció en voz muy baja, sonó amenazadora.

—Habrá consecuencias si no lo haces.

Lorenzo soltó una carcajada. Estaba harto de aquella gárgola de mujer, siempre ceñuda, siempre ensombreciendo las tardes felices pasadas con Laura.

—¿Cree que conseguirá asustarme?

—Si tienes el más mínimo sentido común, si ella te importa, debería.

—¿Por qué cree que hago esto? Es por ella.

—Entonces márchate ya y no la arrastres contigo a aguas turbulentas. Ella es inocente. No tiene ni idea de lo que está a punto de ocurrir.

—¿Y usted sí?

—Conozco a gente. Me cuentan cosas.

La miró fijamente, comprendiendo de pronto lo que ocurría.

—Es de esos Camisas Negras, ¿verdad? ¿Le han pedido que espante al judío? ¿Que me haga salir corriendo y esconderme en la alcantarilla como una rata?

—No entiendes nada, niño.

—Claro que lo entiendo. Lo entiendo perfectamente. Pero eso no me detendrá.

Mientras se alejaba, notó que la mirada iracunda de ella le perforaba la espalda como un atizador incandescente. La rabia lo sacó de Dorsoduro a toda velocidad. La advertencia de Alda de que se alejara de Laura tuvo en él el efecto contrario: jamás se retiraría del certamen. No, se había comprometido a participar; se había comprometido con Laura. Eso era lo que Marco llevaba meses diciendo: que los judíos no debían ceder ni un ápice; que debían exigir, aunque fuese por la fuerza, que se respetasen sus derechos como leales ciudadanos italianos. ¿Por qué no le habría prestado más atención?

Tendido en la cama, demasiado alterado para dormir, pensó solo en ganar. ¿Qué mejor forma de defenderse que ganar el certamen, demostrarles que, al impedirle matricularse en Ca' Foscari, la universidad se estaba privando de lo mejor que Italia podía ofrecerle? Sí, así había que luchar, no con cartas inútiles a los periódicos como Alberto había propuesto, no con las marchas y las protestas con las que Marco amenazaba. No, la mejor forma era trabajar más y alzarse más alto que ningún otro. Demostrar su valía, hacerse respetar.

Laura y él habrían de brillar tanto en el escenario que nadie pudiera dudar de que merecían el premio. «Así se lucha. Así se gana.»

8

El vestido de satén de Laura era tan negro que, al principio, lo único que Lorenzo pudo adivinar en la umbrosa calle fue un leve resplandor. Luego ella emergió de la oscuridad y entonces la vio, deslumbrante a la luz difusa de la farola. La melena rubia le caía de un lado, en una cascada dorada, y una capa corta de terciopelo vestía sus hombros. Su padre, que le llevaba el estuche del chelo, también iba muy elegante, con traje negro y pajarita, pero Lorenzo no podía apartar los ojos de ella, radiante con su vestido de satén.

—¿Nos estabas esperando aquí fuera? —preguntó Laura.

—El auditorio está abarrotado y apenas hay asientos libres. Mi abuelo quería que supieran que les está guardando un sitio, profesor. En la cuarta fila, a la izquierda.

—Gracias, Lorenzo. —El profesor Balboni lo miró de arriba abajo y asintió con la cabeza a modo de aprobación—. Vais a hacer una pareja fantástica en el escenario. Vamos dentro. Este aire frío no es bueno para vuestros instrumentos. —Le entregó a su hija el chelo—. Recordad no embalaros con los primeros compases. Que no sean los nervios los que marquen el ritmo.

—Sí, papá, lo recordaremos —le dijo Laura—. Anda, ve a buscar tu sitio.

Balboni besó a su hija.

—¡Buena suerte a los dos! —exclamó, y entró en el auditorio.

Laura y Lorenzo permanecieron en silencio un instante, a la luz de la farola, mirándose.

—Estás muy guapa esta noche —dijo él.

—¿Solo esta noche?

—Me refiero a que...

Muerta de risa, le selló los labios con dos dedos.

—Calla, ya sé a qué te refieres. Tú también estás muy guapo.

—Laura, aunque no ganemos, aunque todo salga mal en el escenario, da igual. Estas semanas que hemos pasado juntos, la música que hemos tocado, eso es lo que siempre recordaré.

—¿Por qué hablas como si hoy terminara algo? Esto es solo el principio. Y vamos a empezar ganando.

«Esto es solo el principio.» Mientras pasaban al teatro, Lorenzo se permitió imaginar un futuro con Laura. Otras noches en las que entrasen en salas de conciertos cargados con sus instrumentos. ¡Laura y Lorenzo tocando en Roma, en París, en Londres! La imaginó en los años venideros, con el pelo encanecido, el rostro madurado por la edad, pero siempre, siempre hermosa. ¿Podía haber algo más perfecto que revivir una y otra vez aquel instante, algo mejor que subir con ella a otros escenarios?

El gemido de la afinación de instrumentos los condujo al camerino, donde se encontraban reunidos los otros concursantes. De pronto, los músicos dejaron de afinar, se hizo el silencio y todos se volvieron a mirarlos.

Laura se quitó la capa y abrió el estuche de su chelo. Haciendo caso omiso de las miradas y del angustioso silencio, se apresuró a untar de colofonia el arco y, sentándose en una silla, comenzó a afinar. Ni siquiera alzó la vista cuando un hombre bien vestido cruzó la estancia rápidamente en su dirección.

—Señorita Balboni, ¿podría hablar con usted un momento? —susurró el hombre.

—Quizá más tarde, señor Alfieri —contestó ella—. Ahora mismo mi violinista y yo necesitamos calentar.

—Me temo que hay una… complicación.

—¿De veras?

El hombre evitó intencionadamente mirar a Lorenzo.

—Si pudiéramos hablar en privado…

—Dígame lo que sea aquí mismo.

—No deseo convertir esto en una escena desagradable. Estará al corriente del reciente cambio de la normativa. Este certamen está abierto únicamente a músicos de raza italiana —dijo, lanzando una mirada furtiva a Lorenzo—. Han sido descalificados.

—Pero figuramos en el programa impreso —protestó ella, sacando el folleto del estuche de su chelo—. Esto se hizo público hace un mes. Nuestros nombres constan aquí. Nuestra actuación es la segunda.

—El programa ha cambiado. Fin del asunto.

Dio media vuelta y se fue.

—De eso nada —gritó ella, lo bastante alto como para que los demás pudieran oírla. Todos la miraban ya cuando soltó el chelo y cruzó la sala detrás del hombre—. No me ha dado ni una sola razón válida por la que no podamos concursar.

—Le he dado la única que hay.

—Es absurdo.

—Así lo ha decidido el comité.

—¿Cuál, su comité de borregos? —replicó ella con sorna—. Nos han citado para interpretar un dueto, señor Alfieri. Tenemos todo el derecho del mundo a actuar.

Dio media vuelta y regresó con Lorenzo. Marcial, con la mirada al frente, los hombros erguidos. Los ojos le brillaban como diamantes y tenía las mejillas coloradas, como si estuviera febril. Los otros músicos se apartaron de inmediato para que no los arrollase aquel torbellino.

—Afinemos —le ordenó.

—Laura, esto podría causarte problemas —dijo Lorenzo.

—¿Quieres tocar o no? —lo desafió aquella joven que no conocía el miedo.

¿Habría pensado en las consecuencias o estaba tan ansiosa por ganar que no le importaba correr riesgos? Por peligroso que fuera, se mantendría a su lado. Debían ser audaces los dos.

Lorenzo abrió su estuche y sacó la Dianora. Cuando se llevó el violín a la barbilla y sintió la madera en su piel, se le pasaron los nervios. La Dianora jamás le había fallado; si tocaba bien, aquel violín cantaba. En el resonante camerino, su voz se alzaba tan cálida e intensa que los otros músicos se volvieron para mirar.

—¡Pirelli y Gayda! —gritó el señor Alfieri—. Son los primeros. Suban al escenario inmediatamente.

Todos enmudecieron cuando la primera pareja de concursantes recogió sus instrumentos y enfiló las escaleras.

Meciendo la Dianora en sus brazos, Lorenzo sintió el calor de la madera, tan viva como un cuerpo humano. Miró a Laura, pero ella estaba absorta en el sonido de los aplausos de bienvenida que venían de arriba. Luego se oyó la leve pulsación de las cuerdas del chelo y su voz resonó por todo el escenario de madera. Escuchó con atención, mirando al techo, y sonrió al detectar una nota desafinada. Estaba tan ansiosa por ganar como él. Y, con la floja interpretación del primer dúo, no sería difícil. Tamborileó con los dedos en el traste, impaciente por subir al escenario.

La primera pareja concluyó su actuación y se oyó de nuevo un aplauso.

—Somos los siguientes. Vamos —dijo Laura.

—¡Alto ahí! —gritó el señor Alfieri al verlos camino de las escaleras—. ¡No pueden subir! ¡No están en el programa!

—No le hagas caso —dijo Laura.

—¡Señorita Balboni, insisto en que se detenga inmediatamente!

El primer dúo se encontraba ya entre bastidores. Laura y Lorenzo pasaron aprisa por delante de ellos y salieron a las luces cegadoras del escenario. Lorenzo estaba tan deslumbrado que ni siquiera veía al público. Solo oyó algunos aplausos dispersos, que enseguida se extinguieron y los dejaron en silencio, bajo los focos. Nadie salió a presentarlos. Nadie anunció sus nombres.

Laura se dirigió a la silla de la chelista, haciendo sonar con elegancia sus tacones por la tarima. Las patas de la silla crujieron bajo su peso. Se recolocó con brío el bajo del vestido y ancló el chelo en el apoyapicas. Con el arco en posición, se volvió hacia Lorenzo y sonrió.

Él olvidó que cientos de personas los observaban. En ese momento, solo veía a Laura, y ella solo lo veía a él.

Mientras los dos se miraban, Lorenzo levantó el arco. Tan compenetrados estaban que no tuvieron que decir ni media palabra, ni asentir con la cabeza a la cuenta introductoria. Sabían, con el instinto de un músico, el preciso instante en que sus arcos atacarían las cuerdas. Aquel era su mundo y solo suyo; las luces del escenario, su astro rey; su lenguaje en clave de sol; y las notas tan perfectamente sincronizadas que parecía que sus corazones latieran al unísono. Cuando ambos arcos tocaron su última nota, todavía se miraban, incluso mientras aquella nota se extinguía en el silencio.

En alguna parte, un solo par de manos aplaudió. Luego otro, y otro, seguido de la voz inconfundible del profesor Balboni que gritaba: «¡Bravo! ¡Bravo!».

Bajo las luces del escenario, se abrazaron, riendo, emocionados por su impecable interpretación. Aún reían cuando bajaron las escaleras cargados con sus instrumentos, tan embebidos en su triunfo que no repararon en lo silencioso que estaba el camerino, donde esperaban los otros concursantes.

—Señorita Balboni... —El señor Alfieri apareció de pronto ante ellos, con el rostro pétreo de rabia—. Abandonen inmediatamente el edificio, usted y su compañero.

—¿Por qué? —preguntó Laura.

—Por orden expresa del comité.

—Pero aún no se ha anunciado el ganador.

—Ustedes no son concursantes oficiales. No pueden ganar.

—Acaba de oír nuestra interpretación —intervino Lorenzo—. Todo el mundo la ha oído. No pueden fingir que no ha sucedido.

—Oficialmente, no. —Alfieri le plantó una hoja de papel en la cara—. Estas son las nuevas normas, que el comité hizo públicas ayer. Desde el decreto de septiembre, los de su raza no pueden asistir ni a esta ni a ninguna otra universidad. Como el certamen lo patrocina Ca' Foscari, no se le permite concursar.

—Yo no soy judía —espetó Laura.

—Usted también está descalificada, señorita Balboni.

—¿Solo porque mi compañero es judío?

—Precisamente.

—No hay violinista en este certamen que pueda igualarlo.

—Yo me limito a acatar las normas.

—Que jamás cuestiona.

—Son normas. Ustedes las han incumplido y han subido al escenario por la fuerza. Su conducta es intolerable. Salgan inmediatamente del edificio.

—Ni hablar —dijo Laura.

—Sacadlos de aquí —ordenó Alfieri a dos hombres situados a su espalda.

Laura se volvió hacia los otros concursantes, que los observaban en silencio.

—¡Somos músicos como vosotros! ¡Esto no es justo! ¡Sabéis que está mal!

Uno de los matones la agarró del brazo y empezó a arrastrarla hacia la salida.

Furioso al ver aquella mano tosca en contacto con el cuerpo de Laura, Lorenzo apartó al hombre de un empujón y lo estampó contra la pared.

—¡Ni se te ocurra tocarla!

—¡Animal! —gritó Alfieri—. ¿Lo ven? ¡Son todos unos animales asquerosos!

Uno de los gorilas agarró a Lorenzo por el cuello y, apretándole la garganta con el brazo, lo obligó a retroceder; el otro matón aprovechó para asestarle un puñetazo en el estómago. Laura gritó a los hombres que pararan, pero ellos siguieron golpeándole las costillas y el joven pudo oír el desagradable chasquido de unos huesos rotos. Los gorilas lo sacaron a rastras del camerino, haciendo volcar los atriles a su paso.

Lo lanzaron por la puerta y Lorenzo aterrizó boca abajo en la acera. Notó que le sangraba el labio y oyó la sibilancia de sus propios pulmones al intentar respirar.

—¡Ay, Dios mío! ¡Ay, Dios mío! —Laura se hincó de rodillas a su lado y el joven notó que su melena, sedosa y fragante, le acariciaba el rostro mientras intentaba volverlo boca arriba—. Todo esto es culpa mía. ¡No debería haberme enfrentado a ellos! Lo siento, Lorenzo, lo siento mucho.

—No, Laura. —Tosiendo, se incorporó y sintió que la calle le daba vueltas. Vio cómo la sangre le caía, negra como la tinta, en la camisa blanca—. Nunca te disculpes por hacer lo correcto.

—He sido yo quien les ha plantado cara, y tú quien ha sufrido las consecuencias. Qué estúpida soy. Para mí es fácil defenderos porque yo no soy judía.

La verdad de aquellas palabras fue como otro puñetazo, directo al corazón. Ella no era judía y el abismo que los separaba nunca le había parecido mayor. Sentado, con la sangre chorreándole por la barbilla, caliente como las lágrimas, deseó que Laura se fuera, que se marchara.

Se abrió la puerta del teatro y oyó unos pasos indecisos que se acercaban. Era uno de los músicos.

—Os traigo vuestros instrumentos —dijo el joven, depositando con delicadeza en el suelo los estuches del chelo y del violín—. Quería asegurarme de que os lo devolvían.

—Gracias —dijo Laura.

El joven se dirigió de nuevo a la puerta, luego se volvió hacia ellos.

—No está bien lo que han hecho. Es muy injusto. Pero ¿qué puedo hacer yo? ¿Qué puede hacer ninguno de nosotros? —añadió con un suspiro, y se marchó.

—¡Cobarde! —le gritó Laura.

—Tiene razón —repuso Lorenzo.

Se levantó con dificultad, tambaleándose, algo mareado. De pronto, lo vio claro, con desoladora nitidez. Así eran las cosas. Ella se negaba a aceptarlo, pero él comprendió la cruda realidad.

Recogió su violín.

—Me voy a casa.

—No estás bien. Deja que te acompañe —propuso ella, e hizo ademán de agarrarlo del brazo.

—No, Laura —respondió él, apartándole la mano—. No.

—¡Solo quiero ayudarte!

—Tú no puedes librar mis batallas. Solo conseguirás salir mal parada. O que me maten —dijo con una risa amarga.

—Yo no sabía que iba a pasar esto —se excusó ella, casi a punto de llorar—. Estaba convencida de que ganaríamos esta noche.

—Deberíamos haber ganado. Nadie nos iguala en el escenario, nadie. Pero te he privado de la posibilidad de triunfar. Te la he arrebatado, Laura. No permitiré que eso vuelva a suceder.

—Lorenzo —lo llamó ella al ver que se iba, pero él no se detuvo.

Siguió caminando, agarrando el estuche del violín tan fuerte que se le entumecieron los dedos. Al volver la esquina, aún oía la voz de Laura resonando en los edificios, el sonido de su nombre deshecho en desgarradores fragmentos.

No había nadie en casa cuando llegó; aún estaban en el certamen. Se quitó con cuidado la camisa manchada de sangre y se lavó la cara. Mientras el agua ensangrentada se colaba en un remolino por el sumidero del lavabo, estudió en el espejo un rostro que empezaba a hincharse como un globo morado. «Esto es lo que pasa cuando te enfrentas a ellos», se dijo, y Laura había presenciado el humillante espectáculo. Había sido testigo de su derrota, de su impotencia. Agachó la cabeza, con los puños apretados, y escupió al lavabo un salivazo impregnado de sangre.

—Por fin entiendes cómo ha cambiado el mundo —dijo Marco.

Lorenzo levantó la cabeza y vio a su hermano mayor, a su espalda, reflejado en el espejo.

—Déjame en paz.

—Llevo meses diciéndolo, pero no habéis querido escucharme. Ni tú, ni papá, ni el abuelo, nadie. Nadie me creía.

—Aunque te creyéramos, ¿qué le vamos a hacer?

—Defendernos.

Lorenzo se volvió a mirarlo.

—¿Tú crees que no lo he intentado?

Marco resopló.

—No lo suficiente. Has estado viviendo una fantasía, hermano. Te he estado dando pistas todos estos meses y, en lugar de verlas, te has dejado enredar por tus ensoñaciones románticas. ¿Laura Balboni y tú? ¿De verdad pensabas que eso iba a llegar a algo?

—Cállate.

—Si es guapa, no lo niego. Entiendo que te guste. Y puede que tú también le hagas tilín. Igual pensabas que nuestras familias lo aprobarían y os casaríais.

—¡Que te calles!

—Pero, por si aún no te has percatado, eso pronto será ilegal. ¿No has visto el último boletín del Gran Consejo? Están redactando una nueva ley que prohíbe los matrimonios mixtos. Con todos los cambios que ha habido y no te has enterado de nada. Mientras el mundo se derrumbaba a nuestro alrededor, soñabas con tu música y tu Laura. Si de verdad te importa, te olvidarás de ella. De lo contrario, solo conseguirás pasarlo mal y hacerla sufrir. —Marco le puso una mano firme en el hombro—. Sé sensato. Olvídala.

Lorenzo se limpió las lágrimas que de pronto le empañaron los ojos. Sintió ganas de zafarse bruscamente de la mano de Marco, de decirle que se fuera al infierno porque no era sensatez lo que esperaba de él en esos momentos. Pero tenía razón. Laura estaba fuera de su alcance. Todo estaba fuera de su alcance.

—Tenemos escapatoria —le dijo Marco en voz baja.

—¿Qué quieres decir?

Marco bajó aún más la voz.

—Marcharnos de Italia. Otras familias lo están haciendo. Ya has oído a Balboni. Deberíamos emigrar.

—Papá jamás accederá a marcharse.

—Pues tendremos que irnos sin él. Sin ellos. Están anclados al pasado y nunca cambiarán. Pero tú y yo podríamos irnos juntos a España.

—¿Y dejarlos aquí? ¿Tú harías eso, despedirte de mamá y de Pia sin mirar atrás? —Lorenzo negó con la cabeza—. ¿Cómo se te ocurre pensarlo siquiera?

—A lo mejor tenemos que hacerlo. Si no queda otro remedio, si se niegan a ver lo que está ocurriendo.

—Yo jamás me plantearía esa… —Se interrumpió al oír que se cerraba de golpe la puerta.

—¿Lorenzo? —lo llamó a gritos su hermana—. ¿Lorenzo? —Pia entró corriendo y lo abrazó—. ¡Nos han contado lo que ha ocurrido! Mi pobre hermano, ¿cómo pueden ser tan malos? ¿Te han hecho mucho daño? ¿Te pondrás bien?

—Estoy bien, pequeña Pia. Mientras tú estés aquí para cuidarme, no me pasará nada. —La abrazó él también y, por encima de su cabeza, miró a su hermano. «Mírala, Marco, ¿tú te irías de Italia sin ella?»

«¿Abandonarías a nuestra hermana?»

Julia

9

Salas de espera y más salas de espera. Desde que mi hija me apuñaló con un trozo de vidrio, a eso han quedado reducidas nuestras vidas: a Lily y a mí sentadas en diversos sofás de consultas de médicos, esperando a que nos llame la enfermera. Primero vamos a ver a su pediatra, el doctor Cherry, que parece algo desconcertado ante la posibilidad de haber pasado por alto algún trastorno neurológico grave. Después pasamos una tarde con el doctor Salazar, neurólogo pediátrico, que me hace las mismas preguntas que estoy cansada ya de oír. «¿Ha sufrido Lily convulsiones febriles? ¿Se ha caído alguna vez y ha perdido el conocimiento? ¿Ha tenido algún accidente o se ha dado algún golpe en la cabeza?» No, no y no. Aunque me alivia que nadie piense que soy yo la que necesita un psiquiatra, ahora me enfrento a una posibilidad si cabe más aterradora: que al cerebro de mi hija le pase algo muy malo. Algo que la haya hecho enloquecer dos veces. Con solo tres años, ya ha masacrado a nuestro gato y me ha apuñalado la pierna. ¿De qué será capaz cuando tenga dieciocho?

El doctor Salazar me pide una nueva batería de pruebas y eso hace que tengamos que sentarnos en otro montón de salas de espera. Le hacen una placa, que sale normal; una analítica, que también es normal, y, por último, un encefalograma, cuyo resultado no es concluyente.

—A veces el encefalograma no revela las lesiones cuando las descargas eléctricas anormales solo se producen en las regiones subcorticales —me explica el doctor Salazar cuando acudo a su consulta a última hora del viernes por la tarde.

Ha sido un día muy largo y me cuesta centrarme en lo que me está contando. No me considero estúpida, pero, en serio, ¿qué es lo que me acaba de decir? Lily está fuera, en la sala de espera, con Val, y, a través de la puerta, la oigo llamarme, y eso me distrae todavía más. Estoy molesta con Rob por no haberme acompañado, y me duele la cabeza del golpe que me di con la mesita del salón. Para colmo, el condenado médico no es capaz de hablarme en cristiano.

Me suelta un montón de palabras más que me suenan a chino. «Neuropatías del desarrollo, como las heterotopías de la sustancia gris. Técnicas de neurodiagnóstico por imagen. Actividad eléctrica cortical. Crisis epilépticas parciales complejas.»

Ese último concepto se abalanza sobre mí y me atrapa de inmediato entre sus fauces: «crisis epilépticas».

—Un momento —lo interrumpo—. ¿Insinúa que Lily podría tener epilepsia?

—Aunque su encefalograma parece normal, no descarto la posibilidad de que ambos incidentes fuesen manifestaciones de algún tipo de crisis epiléptica.

—Pero nunca ha tenido convulsiones. Al menos en mi presencia.

—No estoy hablando del típico ataque de epilepsia en el que uno se queda inconsciente y le tiembla el cuerpo entero. No, es su conducta lo que podría ser una manifestación de epilepsia. Eso es lo que llamamos crisis parciales complejas, o CPC. A menudo se diagnostican erróneamente como trastornos psiquiátricos porque el paciente parece despierto durante la crisis e incluso puede realizar acciones complejas. Repiten sin parar una frase, por ejemplo. O caminan en círculos o se tiran de la ropa insistentemente.

—O apuñalan a alguien.

El doctor hace una pausa.

—Sí. Eso podría considerarse una acción compleja repetitiva.

De pronto me viene algo a la memoria. Recuerdo la sangre corriéndome por la pierna y una vocecilla, monótona y mecánica.

—«Pupa a mami» —susurro.

—¿Cómo dice?

—Después de apuñalarme, no dejaba de repetir eso: «Pupa a mami».

El doctor asiente.

—Ciertamente eso podría considerarse un acto repetitivo. Como estos pacientes están completamente ajenos a su entorno, podrían verse envueltos en situaciones peligrosas. Ha habido casos en los que se han lanzado a la calzada mientras pasaban los coches o se han tirado por una ventana. Y, cuando pasa la crisis, no recuerdan nada de lo ocurrido. Les queda un vacío en el tiempo que no pueden explicar.

—Entonces, ¿no puede controlarlo? ¿No tiene intención de hacer daño a nadie?

—Eso es. Siempre que se trate de crisis epilépticas, claro.

Se me hace raro sentirme aliviada al saber que mi hija podría tener epilepsia, pero así es exactamente como me siento ahora mismo, porque explicaría estas últimas semanas espantosas. Significaría que Lily lo hizo sin querer, que es la misma niña tierna a la que siempre he querido y ya no es necesario que la tema.

—¿Hay tratamiento? —pregunto—. ¿Se cura?

—No hay una cura propiamente dicha, pero las crisis se pueden controlar, y hay una gran variedad de fármacos anticonvulsivos con los que podríamos tratarla. Pero no adelantemos acontecimientos. Aún no estoy seguro de que esa sea la causa de su comportamiento. Me gustaría hacerle una prueba más. Se llama magnetoencefalografía, o MEG, para abreviar. Registra las corrientes eléctricas del cerebro.

—¿No es eso lo que hace el electroencefalograma?

—La MEG es mucho más sensible a las lesiones que podrían pasar inadvertidas al EEG, lesiones localizadas en lo más profundo de los pliegues del cerebro. Para hacerse la prueba, el paciente se sienta en una silla y se le pone una especie de casco. Aunque la pequeña no esté completamente quieta, podremos registrar las corrientes eléctricas. Le presentaremos distintos estímulos y veremos si alguno de ellos altera su actividad cerebral.

—¿Qué clase de estímulos?

—En el caso de su hija, serían auditivos. Según nos ha contado, las dos veces que mostró esta conducta agresiva, usted estaba tocando una pieza concreta al violín. Una con notas de muy alta frecuencia.

—¿Cree que fue la música lo que le provocó las crisis?

—En teoría, es posible. Sabemos que hay estímulos visuales que pueden desencadenarlas, como una luz parpadeante o un destello repetitivo, por ejemplo. Puede que Lily sea sensible a las notas de determinadas frecuencias o a combinaciones específicas de notas. Reproduciremos esa pieza musical por los auriculares mientras monitorizamos la actividad eléctrica de su cerebro para ver si conseguimos provocarle el mismo tipo de conducta agresiva.

Lo que propone suena muy lógico y, por supuesto, debe hacerse. Pero significa que alguien debe grabar *Incendio,* y me aterra la idea de volver a tocar esas notas. Ahora asocio ese vals con sangre, con dolor, y no quiero volver a oírlo nunca más.

—Programaré la MEG para el miércoles que viene. Para entonces necesitaremos una grabación de esa música —dice.

—No está grabada. Al menos, eso es lo que yo creo. Se trata de una composición manuscrita que me traje de una tienda de antigüedades.

—¿Y por qué no se graba usted mientras la toca y luego me envía el archivo de audio por correo electrónico?

—No puedo. Es decir… —Inspiro hondo—. Aún no domino la pieza. Es una composición muy difícil. Pero puedo pedirle a mi amiga Gerda que la grabe. Ella es primer violín de nuestro cuarteto.

—Genial. Dígale que me envíe el archivo por correo electrónico para el martes. Y venga con Lily al hospital el próximo miércoles a las ocho de la mañana. —Sonríe mientras cierra la historia de mi hija—. Sé que lo está pasando usted mal, señora Ansdell. Espero que esta prueba nos saque de dudas.

10

Esta vez Rob nos acompaña al hospital, algo que, no sé bien por qué, me irrita. En los días previos a la prueba, he sido yo la que se ha pasado el día de un lado para otro con la niña y solo ahora, en la prueba verdaderamente importante, mi marido decide por fin hacer acto de presencia. Cuando el técnico se lleva a nuestra hija a la sala contigua para hacerle la MEG, Rob y yo nos instalamos en un espantoso sofá con tapicería de cuadros en la sala de espera. Aunque estamos pegados el uno al otro, no nos cogemos las manos, ni siquiera nos tocamos. Abro una de las revistas femeninas de la mesita, pero estoy demasiado nerviosa para leer, así que hojeo sin propósito las imágenes en papel cuché de bolsos de piel, zapatos de tacón y modelos de piel perfecta.

—Al menos esto es algo que tiene tratamiento —dice Rob—. Si un anticonvulsivo no funciona, siempre podemos probar con otro. —Ha investigado todos los fármacos, por supuesto. Mi marido se ha hecho con un montón de páginas impresas sobre medicamentos para la epilepsia, sus dosis y sus efectos secundarios. Ahora que le ha puesto nombre al problema de Lily, está preparado para abordarlo como el hombre de acción que es—. Y, si ninguno de los fármacos funciona, siempre hay procedimientos neuroquirúrgicos que podemos valorar.

—Aún no la han diagnosticado siquiera —espeto—. No me hables de cirugía.

—Vale, perdona. —Por fin me coge la mano—. ¿Te encuentras bien, Julia?

—No soy yo la paciente. ¿Por qué me lo preguntas a mí?

—El doctor Cherry me ha dicho que, cuando un hijo enferma, toda la familia se convierte en paciente. Sé que todo esto ha sido muy duro para ti.

—¿Y para ti no?

—Has sido tú quien se ha llevado la peor parte. No duermes, apenas comes. ¿No te vendría bien hablar con alguien? Michael me ha recomendado una psiquiatra, una mujer especializada en...

—Un momento... ¿Has estado hablando de mí con tus compañeros de trabajo?

Rob se encoge de hombros.

—Surgió el tema. Michael me preguntó cómo estabais Lily y tú.

—Espero que no le hayas contado los detalles escabrosos. —Me zafo de su mano y me masajeo la cabeza, que ha empezado a dolerme con esta conversación—. ¿Así que ahora tus compañeros piensan que necesito un loquero?

—Julia. —Suspirando, me pasa un brazo por el hombro—. Todo va a ir bien, ¿vale? Pase lo que pase, salga lo que salga en la prueba, superaremos esto juntos.

Se abre la puerta y los dos levantamos la vista a la vez que el doctor Salazar entra en la sala de espera.

—Lily es una paciente extraordinaria —dice, sonriente—. El técnico la tiene entretenida ahora mismo con unos juguetes, para que podamos comentar los resultados. —Se sienta enfrente de nosotros y yo intento interpretar su expresión, pero lo único que veo es una sonrisa de circunstancias. No tengo ni idea de lo que está a punto de comunicarnos—. Durante la prueba, la hemos sometido a diversos estímulos, tanto visuales como auditivos: destellos, distintos tonos acústicos... altos y bajos, graves y agudos. Ninguno de ellos ha generado actividad epiléptica. Su cerebro parece funcionar y reaccionar de forma completamente normal.

—Entonces, ¿no tiene epilepsia? —pregunta Rob.

—Eso es. Conforme a estos resultados, debo afirmar que no sufre ningún trastorno epiléptico.

Me siento como si hubiese entrado bruscamente en un nuevo bucle de la montaña rusa. Ya había asumido que la epilepsia era la causa del comportamiento de Lily, y me he quedado sin explicación, que es aún peor que la epilepsia porque me encuentro de nuevo con que mi hija es una asesina de gatos y una apuñaladora de madres. Un monstruo que canturrea «Pupa a mami, pupa a mami» mientras me hunde un trozo de vidrio en el muslo.

—Llegados a este punto, no veo necesidad de seguir haciéndole pruebas —dice el doctor Salazar—. Yo creo que Lily es una niña completamente normal.

—Pero ¿cómo explica entonces su conducta? —pregunto. Sí, ese molesto asuntillo que nos ha traído aquí para empezar.

—Una vez descartadas las neuropatías, lo más conveniente sería consultar a un psiquiatra infantil —señala el doctor—. Es muy pequeña, pero su comportamiento podría resultar significativo, incluso a los tres años.

—¿Y lo ha probado todo durante la prueba? ¿Le han puesto el vals? Sé que Gerda le envió la grabación.

—Sí, se lo hemos puesto. Es una pieza hermosa, por cierto, muy evocadora. Hemos reproducido la grabación completa tres veces por los auriculares de Lily. Lo único que hemos detectado ha sido un incremento de la actividad eléctrica de los lóbulos frontal y parietal derecho.

—¿Qué significa eso?

—Se cree que esas regiones del cerebro están asociadas a la memoria auditiva a largo plazo. Cuando oímos algo por primera vez, una serie aleatoria de tonos, por ejemplo, solo la retenemos unos segundos. Pero, si la oímos repetidas veces, o si es algo con importancia personal, se recicla a través del hipocampo y el sistema límbico. Adquiere connotaciones emocionales y se almacena en la corteza cerebral. Como ese vals se halla recogido en la memoria a largo plazo de Lily, es evidente que lo ha oído unas cuantas veces.

—Pero eso no es así. —Perpleja, miro a Rob y al doctor Salazar alternativamente—. Solo lo he tocado dos veces.

—Aun en el útero, los fetos registran voces y música. Probablemente la oyera ensayar durante el embarazo.

—Solo hace dos semanas que tengo esa música.

—Entonces quizá la oyera en algún otro sitio. ¿En la guardería, tal vez?

—Se trata de una pieza inédita. —Mi agitación aumenta, pero tanto Rob como el doctor Salazar se muestran irritantemente tranquilos—. No me consta que se haya grabado nunca, en ningún sitio. ¿Cómo puede tenerla en su memoria a largo plazo?

El doctor Salazar alarga el brazo para darme una palmadita en la mano.

—No hay razón para alterarse, señora Ansdell —me dice en su tono sereno de «yo lo sé todo»—. Usted se dedica a la música profesionalmente, por lo que es muy probable que procese los sonidos de forma distinta a la mayoría de la gente. Si yo reproduzco una melodía nueva para usted, estoy seguro de que la retendrá enseguida. Quizá aún la recuerde el mes que viene porque su cerebro está equipado para enviarla de inmediato a la memoria a largo plazo. Parece ser que su hija ha heredado esa habilidad. Además, no hay que olvidar que su marido tiene facilidad para las matemáticas —añade el doctor, mirando a Rob—. Las matemáticas y la música son aptitudes fuertemente vinculadas en el cerebro. A los niños que aprenden a leer música y a tocar un instrumento a una edad temprana se les suelen dar bien las matemáticas. Así que es muy posible que sus genes hayan contribuido también.

—Yo lo encuentro muy lógico —dice Rob.

—Leí en una biografía de Mozart que le bastaba con oír una pieza una vez para poder anotarla entera. Eso es un verdadero talento musical, y está claro que su hija está dotada para eso. Igual que usted.

Pero mi hija no es como yo. Aunque puedo tararear los primeros compases de la melodía, desde luego no he memorizado *Incendio*. Sin embargo, por alguna razón, ese vals se ha instalado en el cerebro de mi hija de tres años como recuerdo permanente. Como si fuese un recuerdo antiguo.

Que «nuestra niña es una pequeña Mozart» es la conclusión que extrae Rob de la charla con el doctor Salazar y, de vuelta a casa en el coche, no para de sonreír. En lugar de una hija epiléptica, resulta que tenemos un genio musical de cabello dorado. Ha olvidado por completo la razón por la que le han hecho la prueba y cómo empezó todo este ciclo de consultas médicas, rayos X y electroencefalogramas. Él no sufre los dolorosos recordatorios que aún me atormentan a mí: esa jaqueca sorda que aún persiste después de que me golpeara la cabeza con la mesa del salón, ni la herida del muslo en proceso de cicatrización que todavía me duele aun después de haberme quitado los puntos. Él ya ha pasado a pensar en su pequeño genio y ha obviado la pregunta que nadie ha respondido aún: ¿por qué me atacó mi hija?

Al llegar a casa, Lily ya se ha quedado dormida y ni se inmuta cuando Rob la saca de la sillita de seguridad y la sube a su cuarto. Yo también estoy agotada y, en cuanto Rob vuelve al trabajo, me tumbo en nuestra cama para echarme una siesta. Pero nada más cerrar los ojos veo el rostro de Lily, que se parece mucho al mío. Y al de mi madre. Esa madre a la que no recuerdo. Esa madre de la que nadie quiere hablarme.

Según tía Val, mi madre tenía un gran talento musical, cantaba y tocaba el piano. Mi padre, desde luego, no era músico: desafinaba, no sabía leer una nota y era incapaz de seguir el ritmo.

Si el talento musical se hereda, yo lo heredé de mi madre, y Lily lo ha heredado de mí. ¿Qué otros genes le habré transmitido a mi hija sin saberlo?

Cuando despierto de la siesta, descubro que el sol ya se ha ocultado tras los árboles y que el dormitorio está en penumbra. ¿Cuánto habré dormido? Sé que Rob ya ha vuelto del trabajo porque oigo cerrarse de golpe la puerta de uno de los armaritos de la cocina, en la planta de abajo. Me habrá visto dormida y habrá decidido empezar a hacer la cena.

Grogui, me levanto de la cama y le grito desde el umbral de la puerta:

—Rob, hay chuletas de cerdo descongelándose en el frigorífico. ¿Las has visto? —Abajo, oigo el estruendo metálico de la tapa de un puchero. Entre bostezos, me dirijo arrastrando los pies a la escalera y le grito—: Estoy despierta. Ya lo hago yo. No hace falta que…

De pronto, doy un patinazo. Intento agarrarme a la barandilla, pero un abismo se abre bajo mis pies y me precipito a sus fauces, caigo, resbalo.

Cuando abro los ojos, estoy tendida a los pies de la escalera. Puedo mover los brazos y las piernas, pero, al intentar ponerme de lado, siento una punzada de dolor en el costado, aguda como una lanzada. Sollozando, me derrumbo boca arriba y noto que algo se me despega del pie y se desliza por el suelo de madera. Es algo pequeño y rosa, que choca contra la pared a unos metros de distancia.

Un cochecito de plástico. Un juguete.

—¡Rob! —grito. Tiene que haberme oído rodar por las escaleras. ¿Por qué no contesta? ¿Por qué no sale de la cocina?—. ¡Socorro! ¡Rob, ayúdame…!

Pero no es Rob quien sale de la cocina.

Lily se acerca al cochecito de juguete, lo recoge y lo examina con la mirada distante de un científico que estudiase un experimento fallido.

—Has sido tú —susurro—. Lo has hecho tú.

La niña me mira.

—Hora de levantarse, mami —dice, y vuelve tan tranquila a la cocina.

11

—Lo ha hecho a propósito. Ha puesto ese cochecito en el segundo peldaño para asegurarse de que lo pisaba y rodaba escaleras abajo. Luego ha empezado a hacer ruidos en la cocina para despertarme y hacerme bajar. Quería que esto sucediera.

Mi marido se esfuerza por mantener una expresión neutra. Está sentado junto a nuestra cama, donde yo me encuentro tumbada, elevada sobre un montón de almohadas y atontada por la codeína. No me he roto ningún hueso, pero tengo la espalda contraída de dolor y apenas puedo moverme sin sentir espasmos musculares. Rob no me mira, tiene los ojos clavados en el edredón, como si no se viera capaz de posarlos en los míos. Sé lo absurdo que suena que asegure que una niña de tres años ha maquinado matarme, pero los analgésicos me han aflojado las conexiones neuronales y un enjambre de posibilidades pulula a mi alrededor como mosquitos venenosos.

Lily está abajo con mi tía Val y la oigo gritar: «¿Mami? ¡Mami, ven a jugar con nosotras!». Mi querida hija. Me estremezco al oír su voz.

Rob suspira angustiado.

—Te voy a pedir una cita, Julia. Esa doctora tiene muy buenas referencias. Creo que podría ayudarte.

—No quiero ir al psiquiatra.

—Tiene que verte alguien.

—Nuestra hija intenta matarme. No soy yo la que necesita terapia.

—No intenta matarte. Solo tiene tres años.

—Tú no estabas aquí, Rob. No la has visto escudriñar ese cochecito como intentando entender por qué no había funcionado, por qué no me había matado.

—¿No oyes cómo te llama? Es nuestra pequeña y te necesita. Te quiere.

—Le pasa algo raro. Ha cambiado. Ya no es la niña que era.

Se sienta en la cama y me coge la mano.

—Julia, ¿recuerdas el día en que nació? ¿Recuerdas que lloraste de felicidad? No parabas de decir lo perfecta que era y no dejabas que la enfermera se la llevara porque no podías soportar su ausencia.

Agacho la cabeza para ocultar las lágrimas que me corren por las mejillas. Sí, recuerdo haber llorado de alegría. Recuerdo haber pensado que me tiraría con gusto por un acantilado con tal de mantener a salvo a mi niña.

Rob me acaricia el pelo.

—Sigue siendo nuestra chiquitina, Julia, y tú la quieres. Sé que sí.

—No es la misma niña. Se ha convertido en otra persona. En otra cosa.

—Hablas así por las pastillas. ¿Por qué no te duermes? Cuando despiertes, te preguntarás por qué has dicho todos esos disparates.

—Ya no es mi pequeña. Está distinta desde que...

Levanto la cabeza al tiempo que el recuerdo toma forma en medio de la bruma de hidrocodona. Una tarde calurosa de bochorno. Lily sentada en el patio. El arco deslizándose armoniosamente por las cuerdas de mi violín.

Fue entonces cuando todo cambió. Fue entonces cuando empezó la pesadilla, la primera vez que toqué *Incendio*.

Mi amiga Gerda vive al final de una calle tranquila en el barrio residencial de Milton, a las afueras de Boston. Cuando aparco a la entrada de su casa, diviso su sombrero de paja cabeceando entre la jungla floreada de delfinios y, cuando ella me ve a mí, se incorpora como si nada. A sus sesenta y cinco años, Gerda, pese a su pelo platino, sigue siendo ágil como una adolescente. «A lo mejor debería hacer yoga yo también», me digo mientras la veo acercarse a mí a grandes zancadas, quitándose los guantes de jardinería. Tengo la mitad de años que ella, pero, en estos momentos, la rigidez de mi espalda me hace sentir una anciana.

—Siento llegar tarde —le digo—. He tenido que pasar por la oficina de correos y había una cola que salía por la puerta.

—Bueno, ya estás aquí y eso es lo que importa. Pasa, tengo limonada recién hecha.

Entramos en la abarrotada cocina, de cuyas vigas superiores cuelgan manojos de hierbas fragantes. En lo alto del frigorífico, hay un viejo nido de pájaro que encontró abandonado en alguna parte, y en el alféizar de la ventana se encuentra su polvorienta colección de conchas y guijarros. A Rob le parecería que este lugar pide a gritos un poco de organización doméstica, pero yo encuentro extrañamente reconfortantes esos toques de desorden y excentricidad.

Gerda saca del frigorífico la jarra de limonada.

—¿Has traído la carta del propietario de la tienda?

Hurgo en mi bolso y saco el sobre.

—Me llegó de Roma hace diez días. La ha escrito su nieta.

Mientras bebo limonada a sorbitos, Gerda se pone las gafas de ver y lee la carta en voz alta.

Estimada señora Ansdell:

Le escribo en nombre de mi abuelo, Stefano Padrone, que no habla su idioma. Le he enseñado las fotocopias que nos ha mandado y recuerda haberle vendido esa música.

Dice que adquirió el libro de canciones gitanas hace ya unos cuantos años, junto con otros artículos de la finca de un hombre llamado Giovanni Capobianco, que vivía en la localidad de Casperia. No posee información sobre *Incendio,* pero preguntará a la familia Capobianco si conocen al compositor o la procedencia de la obra.

Atentamente,
Anna Maria Padrone

—No he vuelto a saber nada desde que recibí esa carta —le digo a Gerda—. He llamado tres veces a la tienda de antigüedades y he dejado mensajes en el contestador. Nadie coge el teléfono.

—A lo mejor está de vacaciones. Puede que no haya tenido ocasión de hablar con la familia. —Se levanta—. Ven, vamos a echar otro vistazo al vals.

Entramos en la recargada sala de ensayo en la que un piano de cola pequeño apenas deja espacio para una librería, dos sillas y una mesa de centro. Las partituras se encuentran apiladas en el suelo como estalagmitas en una cueva. En el atril, tiene la copia de *Incendio* que escaneé y le envié por correo electrónico hace tres semanas, cuando grabó la pieza para la prueba neurológica de Lily. No son más que dos folios salpicados de notas, pero percibo su poder. Como si, en cualquier momento, fuera a ponerse incandescente y levitar.

—Es un vals precioso, pero, desde luego, es dificilísimo —señala Gerda instalándose delante del atril—. Me ha llevado unas cuantas horas de ensayo conseguir esos arpegios y reproducir fielmente esas notas altas.

—Yo no lo he conseguido nunca —reconozco, y me siento como si confirmara todos los chistes malos que se han hecho jamás sobre los segundos violines. «Pregunta: ¿Cuántos segundos violines hacen falta para enroscar una bombilla? Respuesta: No pueden llegar tan alto.»

Gerda saca su violín del estuche.

—El truco de este fragmento está en cambiar a quinta posición un compás antes.

Me hace una demostración, y las notas trepan por la cuerda de mi a una velocidad vertiginosa.

—No es necesario que la toques ahora —la interrumpo.

—Hace que el siguiente fragmento sea mucho más fácil de ejecutar, en serio. Escucha.

—¡Para, por favor! —Hasta yo me espanto de la voz de pito que me sale. Inspiro hondo y le digo, más tranquila—: Solo cuéntame lo que has averiguado del vals.

Ceñuda, Gerda deja el violín.

—¿Qué ocurre?

—Perdona. Me produce dolor de cabeza oírla. ¿Te importa que nos limitemos a hablar de la música?

—De acuerdo. Pero, primero, ¿me dejas ver el original?

Meto la mano en el bolso, saco el libro de canciones gitanas y lo abro por donde he metido la partitura suelta de *Incendio*. Me produce repelús incluso tocarla, así que le paso el libro entero.

Ella extrae el vals y examina la página amarillenta, por delante y por detrás.

—Escrita a lápiz. En papel pautado estándar, que parece bastante frágil. No veo marcas de agua, y no hay nada que identifique su origen salvo el título de la pieza y el nombre del compositor, L. Todesco. —Me mira—. Lo he buscado en Internet y no he encontrado música de ese compositor. —Examina la página con mayor detenimiento—. Anda, esto es interesante. Por el otro lado, hay una serie de notas parcialmente borradas sobre las que después se volvió a escribir. Parece que estos cuatro compases se revisaron.

—Así que no se limitaba a copiar la música de otra fuente.

—No, esos cambios son demasiado extensos para que se trate de un simple error de transcripción. Y después hizo estas modificaciones. —Me mira por encima de las gafas—. Este podría ser el único ejemplar existente de la pieza, dado que nunca se ha grabado.

—¿Cómo sabes que no se ha grabado?

—Porque le he mandado una copia a Paul Frohlich, del conservatorio. La ha pasado por todos sus programas de reconocimiento de música, comparándola con todas las piezas grabadas conocidas. No hay ninguna equivalencia en ninguna parte. Que él sepa, este vals nunca se grabó, y no ha encontrado música publicada bajo el nombre de L. Todesco. Así que estamos a oscuras en cuanto a la procedencia de la pieza.

—¿Y el libro de canciones gitanas? Encontré *Incendio* metido ahí dentro; igual proceden del mismo sitio. Quizá el libro perteneciese a ese tal L. Todesco.

Gerda abre la frágil colección de melodías. La cubierta del libro está atravesada por un trozo de celo casi deshecho, que parece ser lo único que la mantiene entera. Con delicadeza, pasa las páginas hasta la de créditos.

—La editorial es italiana. Se imprimió en 1921.

—Hay algo escrito en la contracubierta.

Gerda le da la vuelta al libro y ve las palabras desvaídas, escritas a mano con tinta azul: «Calle del Forno, 11 (Venecia)».

—Es una dirección de Venecia.

—¿Será el domicilio del compositor?

—Ese sería, desde luego, un buen punto de partida para nuestra búsqueda. Deberíamos elaborar una lista de todas las personas que han vivido en esa dirección desde 1921. —Vuelve a centrarse en las dos caras de la partitura que tiene en el atril—. *Incendio*. Fuego. Me pregunto a qué clase de fuego se referirá el título. —Coge su instrumento y, antes de que yo pueda impedírselo, empieza a tocar. En cuanto el violín produce las primeras notas, siento que el pánico se apodera de mí. Me noto un hormigueo en las manos, una especie de corriente eléctrica que crece con cada nota, hasta que se me ponen los nervios de punta. Estoy a punto de arrebatarle bruscamente el arco cuando de pronto deja de tocar y se queda mirando fijamente la partitura.

—Amor —murmura.

—¿Qué?

—¿No la has oído? La pasión, la angustia de esta música. En estos dieciséis primeros compases que introducen la melodía, esa tristeza, ese anhelo. Luego, en el compás diecisiete, se vuelve agitada. Sube el tono y las notas se aceleran. Casi puedo imaginar a dos amantes frenéticos cada vez más desesperados. —Gerda me mira—. *Incendio*. Creo que es el fuego del amor.

—O del infierno —digo en voz baja, y me masajeo las sienes—. Por favor, no la toques más. No creo que pueda volver a oírla.

Deja el violín.

—Esto no es solo por la música, ¿verdad? ¿Qué es lo que pasa en realidad, Julia?

—Claro que es por la música.

—Te noto dispersa últimamente. Has faltado a dos ensayos seguidos del cuarteto. —Hace una pausa—. ¿Van mal las cosas entre Rob y tú?

No sé qué contestar, así que, por un instante, no digo nada. La casa de Gerda está tan tranquila… Vive sola, sin marido, sin niños; solo tiene que ocuparse de sí misma, mientras que yo me veo obligada a compartir la mía con un hombre que pone en duda mi cordura y una hija que me aterra.

—Es por Lily —reconozco al fin—. Tiene problemas.

—¿Qué clase de problemas?

—¿Recuerdas cuando te conté que me había hecho un corte en la pierna y habían tenido que darme puntos?

—Sí, me dijiste que había sido un accidente.

—No fue un accidente. —La miro—. Me lo hizo Lily.

—¿A qué te refieres?

—Cogió un trozo de vidrio del cubo de la basura y me apuñaló con él.

Gerda me mira espantada.

—¿¡Lily te hizo eso!?

Me limpio las lágrimas con la mano.

—Y el día que me caí por las escaleras tampoco fue un accidente. Puso un cochecito de juguete en el segundo peldaño, en el sitio exacto donde sabía que iba a pisar. Nadie me cree, pero sé que lo hizo a propósito. —Inspiro hondo unas cuantas veces y por fin logro recuperar el control. Cuando vuelvo hablar, lo hago sin entusiasmo, derrotada—. Ya no la reconozco. Se ha convertido en otra persona. La miro y veo a una desconocida, alguien que quiere hacerme daño. Y todo empezó cuando toqué el vals. —Cualquier otra persona me diría que estoy delirando, pero Gerda no dice nada. Se limita a escucharme en un silencio sereno y respetuoso—. La llevamos al médico y le hicieron una especie de electroencefalograma con el que se ven las ondas cerebrales. Cuando le pusieron el vals, su cerebro reaccionó como si lo tuviera registrado en la memoria a largo plazo. Como si ya conociera esa música. Pero tú dices que la pieza no se ha grabado nunca.

—Un recuerdo antiguo —murmura Gerda, y mira fijamente *Incendio,* como si de pronto viera en la partitura algo que antes había pasado por alto—. Julia, sé que esto te va a sonar raro —me dice en voz baja—, pero, cuando yo era pequeña, tenía recuerdos que no podía explicar. Mis padres lo achacaban a mi imaginación calenturienta, pero yo recordaba una cabaña de piedra con el suelo sucio; campos de trigo ondeando al sol; y recordaba vivamente haberme visto los pies descalzos, pero con un dedo de menos. Nada de aquello tenía sentido, hasta que mi abuela me dijo que eran recuerdos residuales de quien había sido antes, en una vida anterior. —Me mira—. ¿Te parece una locura?

Niego con la cabeza.

—Ya nada me parece una locura.

—Mi abuela decía que la mayoría de las personas no recuerdan sus vidas pasadas. O se niegan a aceptar que esos recuerdos sean más que fantasías. Pero los niños muy pequeños aún tienen una mentalidad abierta. Aún tienen acceso a recuerdos anteriores, aunque todavía no sepan hablarnos de ellos. A lo mejor por eso Lily reacciona así a ese vals. Porque lo ha oído antes, en una vida anterior.

Me imagino lo que diría Rob si oyera esta conversación. Ya sospecha que estoy desequilibrada; como empiece a hablarle de vidas anteriores, no le cabrá la menor duda.

—Ojalá pudiera ofrecerte alguna solución a tu problema —dice.

—No creo que tenga solución.

—Ahora sí que siento curiosidad por esta música. Si ese anticuario tuyo de Roma no puede ayudarnos, igual podemos localizar nosotras al compositor. Voy a tocar en ese festival de Trieste, y eso está muy cerca de Venecia. Podría hacer una escapada a la casa de Calle del Forno. Averiguar si L. Todesco vivió allí alguna vez.

—¿Te tomarías todas esas molestias por mí?

—Merece la pena, desde luego, y no lo haría solo por ti. Este vals es precioso y dudo que se haya publicado alguna vez. ¿Y si nuestro cuarteto fuera el primero en grabarlo? Hay que asegurarse de que los derechos están disponibles. Como ves, yo también tengo mis razones para localizar a L. Todesco.

—Seguramente murió hace tiempo.

—Seguramente. —Gerda mira con avidez la partitura—. Pero ¿y si no fuera así?

Cuando llego a casa después de mi visita a Gerda, veo el Ford Taurus de Val aparcado a la entrada de nuestra casa y el Lexus de Rob metido en el garaje. No sé por qué ha vuelto a casa tan temprano, ni por qué están los dos junto a la puerta cuando entro en casa. Solo sé que ninguno de los dos sonríe.

—¿Dónde demonios te has metido? —pregunta mi marido.

—He estado en casa de Gerda. Te he dicho que iba a ir a verla.

—¿Tienes idea de la hora que es?

—¿Me esperabas más pronto? No recuerdo que lo hubiéramos hablado.

—Madre mía, Julia, pero ¿qué te pasa?

—Rob, estaría ocupada y ha perdido la noción del tiempo —intercede mi tía—. No hay necesidad de enfadarse.

—¿Que no hay necesidad? ¡Estaba a punto de llamar a la policía!

Meneo la cabeza, desconcertada por la conversación.

—¿Y por qué ibas a llamar a la policía? ¿Qué he hecho?

—Llevamos horas intentando localizarte los dos. Como no has ido a la guardería, me han llamado al trabajo. Val ha tenido que ir corriendo a recoger a Lily.

—Pero si he llevado el teléfono encima todo el día. No me ha llamado nadie.

—Sí que te hemos llamado, Julia —dice Val—. Saltaba el buzón de voz.

—Pues se ha debido de estropear. —Saco el móvil del bolso y miro consternada la pantalla. Allí están todas las llamadas perdidas y los mensajes de voz. De la guardería, de Rob, de Val—. Será el volumen —digo—. A lo mejor lo he silenciado sin querer. O se ha desconfigurado.

—Julia, ¿aún tomas la hidrocodona? —me pregunta Val en voz baja.

—No, qué va, lo dejé hace días —murmuro mientras reviso los ajustes del teléfono para ver cómo he podido silenciarlo por accidente.

Me siento muy torpe y no paro de tocar el icono que no es. Como en una de esas pesadillas en las que intento angustiada pedir ayuda por teléfono y no hago más que marcar los números equivocados. Pero esto no es una pesadilla. Está ocurriendo de verdad.

—Basta —dice Rob—. Para ya, Julia.

—No, tengo que arreglar esto ahora.

Sigo toqueteando los menús del teléfono, aun cuando Lily sale corriendo al vestíbulo, aun cuando sus bracitos me rodean la pierna como asfixiante enredadera.

—¡Mami! ¡Te echo de menos, mami!

Miro hacia abajo y, de pronto, detecto en sus ojos algo venenoso, algo que asoma a la superficie de esas aguas serenas como una serpiente y, sumergiéndose de nuevo, desaparece de inmediato. Me aparto de ella con tanta brusquedad que suelta un gemido angustiado y se queda con los brazos extendidos, implorando, como una niña abandonada.

Val no tarda en darle la mano a mi hija.

—Lily, ¿por qué no te vienes a mi casa unos días? Me vendría muy bien un poco de ayuda para recoger tomates. A papá y a mamá no les importará que te quedes conmigo, ¿verdad?

Rob asiente, agotado.

—Me parece una idea estupenda. Gracias, Val.

—Vamos arriba a hacer tu maleta, ¿vale, Lily? Tú me dices lo que te quieres llevar a mi casa.

—A Burro. Quiero a Burro.

—Pues claro que nos llevamos a Burro. ¿Algún otro juguete? Oye, ¿quieres que cenemos espaguetis esta noche?

Cuando Val se lleva a Lily arriba, Rob y yo nos quedamos en el vestíbulo. Me da miedo mirarlo, me da miedo ver en sus ojos lo que piensa de mí.

—Julia —dice, suspirando—, ven, vamos a sentarnos.

Me agarra del brazo y me conduce al salón.

—Algo le pasa a este condenado teléfono —insisto.

—Luego le echo un vistazo, ¿de acuerdo? Yo te lo arreglo. —Ese siempre ha sido el papel de Rob en nuestra familia. Él es el que arregla las cosas. Levanta el capó, examina los cables y encuentra la solución a todos los problemas. Me sienta en el sofá y se deja caer en la silla que tengo enfrente—. Mira, sé que estás muy estresada. Estás perdiendo peso. No duermes bien.

—Aún me duele la espalda; eso es lo que no me deja dormir. Querías que dejase de tomar las pastillas y eso he hecho.

—Cariño, tanto Val como yo pensamos que tendría que verte un especialista. Por favor, no lo entiendas como terapia. Solo sería una charla con la doctora Rose.

—¿La doctora Rose? ¿No es esa la psiquiatra de la que me hablaste?

—Viene muy bien recomendada. He estado repasando su currículo. He estudiado su experiencia y su valoración profesional. —No me cabe duda—. Creo que podría ayudarte mucho. Podría ayudarnos a todos. Orientarnos para que nuestra vida volviese a ser como antes de que todo esto ocurriera.

—¿Rob? —lo llama Val desde la planta de arriba—. ¿En qué maleta puedo meter las cosas de Lily?

—Ahora te saco una —responde Rob. Me da una palmadita en la mano—. Enseguida vuelvo, ¿vale? —me dice, y sube a buscar una maleta.

Lo oigo moverse por nuestro dormitorio y después oigo la maleta rodar por el suelo de madera. Fijo la vista en el ventanal del salón, orientado al oeste. Solo entonces reparo en lo bajo que está el sol en el cielo, demasiado bajo para las tres de la tarde. No me extraña que vuelva a dolerme la espalda; me tomé el último paracetamol hace horas.

Voy al baño de la planta de abajo, abro el botiquín y, agitando el frasco, saco tres comprimidos de 500 miligramos. Mientras vuelvo a cerrar la puerta del botiquín, me sobresalta mi propio reflejo en el espejo. Veo un pelo sin peinar, unos ojos hinchados, una piel pálida. Me refresco la cara con agua fría y me peino un poco con los dedos, pero mi aspecto no mejora. La angustia de tener que lidiar con Lily me ha convertido en una sombra de lo que era. Ese es el lado oscuro de la maternidad del que nadie te advierte nunca, esa parte que no es solo besos y abrazos. Nadie te dice que la criatura a la que un día alimentaste en tu vientre, la criatura que pensabas que te daría tanto amor, empezaría a carcomerte las entrañas como un pequeño parásito. Me miro en el espejo y pienso: «Pronto no quedará nada de mí».

Cuando salgo del baño, Rob y Val están de nuevo abajo, en el vestíbulo, a la vuelta de la esquina. Hablan tan bajito que apenas los oigo, así que me acerco un poco.

—Camilla tenía la misma edad que Julia ahora. Eso tiene que significar algo.

—Julia no es como ella —dice Val.

—Aun con todo, la genética está ahí, sus antecedentes familiares de enfermedades mentales.

—Te aseguro que esto no es lo mismo. Camilla era una psicópata despiadada. Era egocéntrica, inteligente y manipuladora. Pero no estaba loca.

Hablan de mi madre. Mi madre muerta, la asesina de niños. Ansío oír todo lo que dicen, pero me late tan fuerte el corazón que temo que ahogue sus voces.

—Todos los psiquiatras que la vieron coincidían en que había sufrido un brote psicótico —señala Rob—, que había perdido el contacto con la realidad. Estas cosas son hereditarias.

—Los tenía a todos engañados, a todos y cada uno de ellos. No estaba psicótica. Era malvada.

—¡Mami, cógeme! ¡Cógeme!

Me vuelvo y veo a Lily de pie a mi espalda. Mi hija me ha delatado. Me mira desde abajo con cara de absoluta inocencia mientras Val y Rob vuelven la esquina.

—¡Ah, si estás ahí! —exclama Val, procurando sonar normal sin llegar a conseguirlo—. Lily y yo nos vamos ya. No te preocupes por nada.

Cuando Lily se aferra a mí para darme un abrazo de despedida, noto que Rob me observa en busca de indicios de que soy un peligro para mi hija. Sé que eso es lo que le preocupa porque ha sacado a colación el nombre de mi madre, un nombre que jamás se ha mencionado en mi presencia. Hasta que no lo ha dicho, yo no había caído en que tengo la misma edad que mi madre cuando ella cometió el pecado más imperdonable que una madre puede cometer. Me pregunto si algún retorcido resquicio de ella estará cobrando vida ahora en mi interior.

¿Sería así como se sentía días antes de matar a mi hermano? ¿También vería a un monstruo cuando miraba a su propio hijo?

Lorenzo

12

Diciembre de 1943

Desde la trastienda del taller de lutier de su padre, Lorenzo oyó el tintineo de la campana de la puerta y gritó:

—Aguarde un momento, por favor. Enseguida salgo.

Nadie contestó.

Acababa de aplicar la cola y estaba sujetando firmemente la panza del violín a la nervadura. Era un momento delicado, algo que debía hacer con calma, de modo que fijó con cuidado la abrazadera y se aseguró de que las piezas encajaban perfectamente. Cuando por fin salió de la trastienda, vio a su clienta acuclillada delante del expositor de arcos de chelo y de viola. Solo sobresalía la coronilla del sombrero por el mostrador.

—¿En qué puedo ayudarla? —preguntó.

Ella se levantó y le sonrió.

—Lorenzo —dijo.

Habían pasado cinco años desde la última vez que habían hablado. Aunque él la había visto varias veces en la calle, siempre había sido de lejos, y jamás se había acercado a ella. De pronto, Laura Balboni y él se encontraban cara a cara, separados únicamente por el expositor, y no se le ocurría nada que decir. Su melena rubia tenía otro aspecto, la llevaba corta, a ese estilo tan popular entre las estudiantes de Ca' Foscari. Su rostro había perdido aquella redondez infantil, sus pómulos eran más prominentes y su barbilla más afilada. Su mirada era tan directa como siempre, tanto que Lorenzo se sintió clavado en el sitio, incapaz de moverse, de decir una sola palabra.

—Hay que cambiarle las cerdas —dijo.

Lorenzo miró el arco de chelo que ella había dejado en el mostrador. El talón estaba algo ralo porque algunas cerdas se habían roto.

—Por supuesto, lo haré encantado. ¿Para cuándo lo necesitas?

—No me corre prisa. Tengo otro en casa que puedo usar mientras tanto.

—¿Te parece bien la semana que viene?

—Perfecto.

—Entonces pasa a recogerlo el miércoles.

—Gracias. —Se entretuvo un instante, buscando algo más que decir. Finalmente suspiró resignada y se dirigió a la puerta, donde se detuvo y se volvió hacia él—. ¿Es eso lo único que tenemos que decirnos: «Pasa a recogerlo el miércoles. Gracias»?

—Estás preciosa, Laura —dijo él en voz baja.

Y era cierto; estaba aún más guapa de lo que recordaba, como si los cinco años que habían pasado hubieran bruñido su pelo y su rostro hasta convertirla en una versión resplandeciente de la joven de diecisiete años que él había conocido. En la penumbra del taller, Laura parecía brillar con luz propia.

—¿Por qué no has venido a vernos? —preguntó ella.

Él miró alrededor y se encogió de hombros a modo de disculpa.

—Mi padre necesita que lo ayude aquí. Además, doy clases de violín. Tengo ya diez alumnos.

—Te he enviado media docena de invitaciones, Lorenzo. Nunca has venido. Ni siquiera a mi fiesta de cumpleaños.

—Te escribí para disculparme.

—Sí, y todas tus notas eran muy atentas. Podrías haber venido a decírmelo en persona. O haber pasado a saludarme.

—Te fuiste a estudiar a Ca' Foscari. Ahora tienes otros amigos.

—¿Y eso significa que no puedo conservar a los antiguos?

Lorenzo miró fijamente el arco del chelo, el talón con las cerdas rotas, y recordó la furia con que ella atacaba las cuerdas de su chelo con aquel arco. Nada de acariciarlas con timidez. Era lógico que a una chelista tan fiera como Laura se le rompieran enseguida las cuerdas y se le desgastaran las cerdas del arco. La pasión tenía un precio.

—Aquella noche, la del certamen —susurró él—, todo cambió para nosotros.

—No, de eso nada.

—Para ti, no. —De pronto enfurecido por su inconsciencia, la miró a los ojos—. Para mí, y para mi familia, todo ha cambiado. Pero para ti, no. A ti te permiten estudiar en Ca' Foscari. Tienes amigos nuevos, un bonito corte de pelo. Tu vida sigue, feliz y perfecta, pero ¿la mía? —Miró alrededor y soltó una carcajada amarga—. Yo estoy atrapado. ¿Acaso crees que trabajo en este taller porque yo lo haya elegido?

—Lo siento mucho, Lorenzo —susurró ella.

—Vuelve el miércoles a por el arco. Lo tendré listo.

—No estoy ciega. Sé lo que está pasando.

—Entonces sabrás también por qué me mantengo alejado de ti.

—¿Por esconderte? ¿Por agachar la cabeza y evitar problemas? —Se inclinó hacia delante y le plantó cara desde el otro lado del mostrador—. Ahora es cuando toca ser valiente. Quiero estar a tu lado. Me da igual lo que pase, quiero...

Calló al oír que sonaba la campanilla de la puerta.

Entró una clienta, una mujer de labios finos que se limitó a saludarlos con la cabeza y luego dio una vuelta por la tienda, echando un vistazo a los violines y las violas que colgaban de las paredes. Lorenzo nunca había visto a aquella mujer y su súbita aparición lo inquietó. El negocio de lutier de su padre sobrevivía gracias a una pequeña pero devota clientela. Casi nunca entraba por la puerta un nuevo cliente; solían irse al taller de más abajo, en cuyo escaparate lucían, bien visibles, las palabras Negozio Ariano, es decir, establecimiento ario.

Laura también parecía incómoda. Para evitar el escrutinio de la mujer, le dio la espalda enseguida y procedió a hurgar en su bolso.

—¿Puedo ayudarla en algo, señora? —le preguntó Lorenzo a la mujer.

—¿Es usted el propietario de este establecimiento?

—El taller es de mi padre. Yo soy su ayudante.

—¿Y dónde está su padre?

—Ha ido a casa a comer, pero volverá pronto. ¿Puedo ayudarla en algo?

—No, nada. —La mujer escudriñó los instrumentos y frunció con desagrado el labio superior—. Solo me preguntaba quién puede querer frecuentar este negocio.

—A lo mejor debería preguntarle a un músico —intervino Laura—. Porque deduzco que usted no lo es.

La mujer se volvió hacia ella.

—¿Cómo dice?

—Los violines más exquisitos de Venecia proceden de este taller.

La mujer entornó los ojos.

—Usted es la hija del profesor Balboni, ¿no es así? La vi actuar el mes pasado, en La Fenice. Su cuarteto hizo una interpretación excelente.

—Se lo haré saber —respondió Laura con frialdad. Luego miró a Lorenzo—: Volveré el miércoles a recoger mi arco.

—¿Señorita Balboni? —la llamó la mujer cuando Laura abría la puerta para marcharse—. Le aconsejo que eche un vistazo al taller del señor Landra, un poco más abajo. Fabrica unos instrumentos extraordinarios —le dijo, y no solo a modo de sugerencia; teñía su voz un siniestro tono de advertencia.

Laura se volvió hacia ella con ganas de replicar, pero se fue sin decir nada. Cerró la puerta con tanta fuerza que la campanilla profirió un agudo tañido.

La mujer salió de la tienda detrás de ella.

Lorenzo no pudo oír lo que se decían, pero, por el escaparate, vio que la mujer detenía a Laura en la calle, y que esta meneaba la cabeza con desprecio y se alejaba airada. Y pensó: «Cómo te he echado de menos. Después de cinco largos años, por fin volvemos a hablar y nuestra conversación tiene que terminar de forma tan amarga».

Cogió el arco del mostrador. Solo entonces vio el papel doblado que ella había escondido bajo el talón. No estaba allí al principio; debía de haberlo metido allí mientras la señora y él hablaban. Lo desdobló y vio lo que Laura había escrito en él.

«Nos vemos en mi casa esta noche. No se lo digas a nadie.»

Obediente, Lorenzo no se lo dijo a nadie. No comentó nada cuando su padre volvió al taller después del almuerzo, ni habló de ello esa noche, cuando su familia se reunió en torno a la mesa para cenar pan y sopa de pescado, una comida preparada con los restos que Marco llevaba a casa de su trabajo cargando palés en el mercado. Era un trabajo duro y sucio que su hermano había tenido la fortuna de conseguir gracias a que el pescadero hacía caso omiso de las leyes que prohibían contratar a judíos. En toda Italia, miles de empresarios como el pescadero seguían llevando sus negocios como siempre, desdeñando las nuevas leyes, dispuestos a pagar furtivamente un puñado de liras a jóvenes como Marco por una dura jornada de trabajo. Qué distinto había parecido el futuro de su hermano hacía cinco años, cuando soñaba con ser diplomático. Ahora estaba sentado de mala gana ante la mesa, agotado, oliendo a sudor y con un hedor permanente a pescado. Hasta al fiero Marco lo habían derrotado.

Los años habían acogotado también a su padre. La clientela de Bruno había ido mermando hasta quedar reducida a un puñado de personas a la semana, ninguna de ellas en busca de un nuevo violín. Solo compraban accesorios imprescindibles como colofonia o cuerdas, lo que apenas justificaba tener el taller abierto. Sin embargo, seis días a la semana, Bruno se sentaba delante de su banco de trabajo y tallaba, lijaba y barnizaba con tesón otro exquisito instrumento que no podría vender. Pero ¿qué pasaría cuando se agotaran sus cada vez más escasas existencias de arce y pícea? ¿Se sentaría desocupado en el taller, mes tras mes, año tras año, hasta secarse y volverse polvo?

«El paso de los años nos ha cambiado a todos», se dijo Lorenzo. Su madre estaba canosa y cansada, y no era de extrañar. Desde que el abuelo sufriera un ictus cuatro meses atrás, Eloisa pasaba el día en la residencia, dándole de comer, frotándole la espalda, leyéndole libros y periódicos. El sitio de Alberto a la mesa se encontraba vacío, a la espera de su regreso, aunque, con cada semana que pasaba, eso parecía mucho menos probable. Ya no habría más duetos abuelo-nieto al violín, ni volverían a compartir canciones y juegos musicales. Su abuelo ya no era capaz de sostener un tenedor, mucho menos un arco de violín.

De todos ellos, Pia era la única a la que los años no habían degradado. Se estaba transformando en una belleza esbelta de ojos oscuros que algún día llamaría la atención de muchos jóvenes, aunque a sus catorce años fuese demasiado tímida para alardear de esa belleza. Como ya no le estaba permitido ir a la escuela, pasaba casi toda la semana ayudando a su madre con el abuelo, o leyendo a solas en su cuarto, o soñando asomada a la ventana, con su futuro marido, sin duda. En eso, Pia no había cambiado mucho: seguía siendo una romántica, continuaba enamorada del amor. «Ojalá pudiera conservarla así —se dijo Lorenzo—, protegida del mundo de verdad. Ojalá pudiera conservarnos a todos como estamos ahora, juntos, bajo techo y a salvo.»

—¡Qué callado estás! ¿Te encuentras bien, Lorenzo? —preguntó Pia.

Como era de esperar, fue ella la que se dio cuenta de que algo había cambiado; con solo una mirada, sabía siempre si su hermano estaba cansado, angustiado o febril.

Él sonrió.

—Todo va bien.

—¿Estás seguro?

—Acaba de decir que está bien —protestó Marco—. Él no ha tenido que cargar palés de pescado todo el día.

—Él también trabaja. Tiene alumnos que le pagan.

—Cada vez menos.

—Marco —lo reprendió Eloisa—. Todos ponemos nuestro granito de arena.

—Menos yo —repuso Pia con un suspiro—. ¿Qué hago yo aparte de remendar camisas?

Lorenzo le acarició la mejilla.

—Tú nos alegras a todos con solo ser como eres.

—Y eso nos hace mucho bien.

—Lo cambia todo, Pia.

«Porque nos ayuda a mantener la esperanza», pensó Lorenzo, mientras veía a su hermana subir a su cuarto. Marco se había ido de la mesa con poco más que un gruñido, pero Pia subía las escaleras tarareando una antigua canción gitana que Alberto les había enseñado de pequeños. Su hermana aún creía que todo el mundo era bueno.

«Ojalá fuera verdad.»

Bien entrada la medianoche, Lorenzo se escapó de casa. Con el frío de diciembre, no había casi nadie en la calle y una extraña bruma impregnaba el aire, una bruma que apestaba a pescado y a alcantarilla. Rara vez se aventuraba a salir a esas horas de la noche, por miedo a toparse con los desalmados de los Camisas Negras que patrullaban regularmente las calles. Hacía dos semanas, Marco había entrado en casa malherido, con la cara cubierta de sangre, la nariz rota y la camisa hecha jirones tras un encontronazo con ellos.

Podía haber sido mucho peor.

Lorenzo avanzaba ocultándose en las sombras, recorriendo aprisa los callejones más pequeños, evitando las plazas iluminadas por farolas. Una vez en la pasarela que conducía a Dorsoduro, titubeó porque, si cruzaba el canal, quedaría al descubierto y no tendría donde esconderse. Pero hacía una noche demasiado fría y desapacible para que ni siquiera los Camisas Negras se aventuraran a salir, y no se veía a ninguno. Con la cabeza gacha y el rostro enterrado en la bufanda, cruzó la pasarela rumbo a la casa de Laura.

Durante los últimos cinco años, la espléndida mansión de Fondamenta Bragadin lo había hechizado como el canto de una sirena, tentándolo a acercarse por si veía a Laura. En más de una ocasión, se había sorprendido en esa misma pasarela, atraído hacia la calle que había enfilado tan feliz en otro tiempo. Una de esas veces, ni siquiera recordaba cómo había llegado al puente; los pies lo habían llevado hasta allí *motu proprio*. Era como un caballo que conoce el camino a casa y siempre vuelve a él.

Se detuvo a la puerta del edificio y alzó la mirada a las ventanas por las que, en visitas anteriores, rebosaba la luz. Esa noche la casa parecía menos acogedora, las cortinas estaban completamente corridas, las habitaciones apenas iluminadas. Golpeó la puerta con la aldaba y notó que la madera vibraba como si estuviera viva.

De pronto, allí estaba ella, recortada en el umbral de la puerta, agarrándolo de la mano.

—Aprisa —le susurró, haciéndolo entrar precipitadamente. En cuanto estuvo dentro, echó el pestillo. Aun a la escasa luz del vestíbulo, Lorenzo pudo ver sus mejillas sonrosadas, sus ojos eléctricos—. Menos mal que has conseguido llegar. Papá y yo estábamos muy preocupados.

—¿A qué viene tanto misterio?

—Pensábamos que aún había tiempo de sobra para organizarlo todo, pero al ver entrar a esa mujer en vuestro taller, he sabido que el tiempo se ha agotado.

La siguió por el pasillo hasta el comedor, donde había disfrutado de tan agradables veladas con los Balboni. Recordaba risas e innumerables copas de vino, y charlas sobre música, siempre sobre música. Esa noche encontró la mesa vacía, sin un frutero siquiera. Solo ardía en ella una lamparita y las ventanas que daban al jardín estaban cerradas a cal y canto.

El profesor Balboni estaba sentado en su silla de siempre, presidiendo la mesa, pero aquel no era el caballero pulcro y jovial que Lorenzo recordaba, sino una versión sombría y fatigada, tan distinta que le costaba creer que se tratara del mismo hombre.

Cuando se levantó a saludar a su invitado, Balboni logró esbozar una sonrisa.

—¡Ve a por el vino, Laura! —dijo—. Bebamos a la salud del violinista al que perdimos hace tiempo.

Laura dejó tres copas y una botella en la mesa, pero, mientras el profesor servía el vino, el ánimo de los presentes no era precisamente celebratorio; no, había algo funesto en su semblante, como si aquella valiosa botella fuera la última que iban a beberse juntos.

—*Salute* —dijo Balboni. Bebió sin ganas, dejó en la mesa la copa vacía y miró a Lorenzo—. ¿No te habrán seguido?

—No.

—¿Estás seguro?

—No he visto a nadie. —Lorenzo miró a Laura, luego volvió a mirar a su padre—. Va a ocurrir en Venecia, ¿no es así? Lo mismo que ha ocurrido en Roma.

—Llegará antes de lo que esperábamos. El armisticio lo ha cambiado todo y ahora nos encontramos en una Italia ocupada. Las SS están consolidando su poder y lo que les hicieron a los judíos el mes pasado en Roma lo harán ahora aquí. El profesor Jona predijo que esto sucedería. Por eso quemó los documentos de la comunidad, para que las SS no tuvieran vuestros nombres. Se sacrificó para concederos a todos un tiempo valiosísimo para escapar y, sin embargo, tu familia sigue aquí. Tu padre se niega a ver la catástrofe que se avecina y os está poniendo a todos en peligro.

—No es solo la voluntad de mi padre lo que nos retiene aquí —dijo Lorenzo—. Desde que tuvo el ictus, mi abuelo no puede ni caminar, ¿cómo va a salir de la residencia? Mi madre no se irá sin él.

Un gesto de tristeza inundó el semblante de Balboni.

—Tu abuelo es uno de mis amigos más queridos. Ya lo sabes. Me parte el corazón decir esto, pero no hay esperanza para él. El de Alberto es ya un caso perdido y nada va a cambiar eso.

—¿Y usted se considera amigo suyo?

—Lo digo precisamente porque soy su amigo. Porque sé que querría que estuvierais a salvo, y Venecia ya no es segura. Habrás observado que muchos de tus alumnos de violín han dejado de asistir a clase, que muchos de vuestros vecinos han abandonado con sigilo sus hogares. Han desaparecido sin que nadie se dé cuenta, sin decirle a nadie adónde han ido. Se han enterado de lo que ha ocurrido en Roma. Mil personas capturadas y deportadas. Lo mismo que ha sucedido en Trieste y en Génova.

—Esto es Venecia. Mi padre dice que aquí no ocurrirá.

—Mientras hablamos, las SS están recopilando los nombres y direcciones de todos los judíos de la ciudad. Sufrieron un breve retraso cuando el profesor Jona quemó todos esos documentos, pero se os ha acabado el tiempo. La mujer que ha estado hoy en vuestro taller es sin duda una de ellas. Ha ido allí para ver qué pueden confiscar. Según el Manifiesto de noviembre, todos los bienes de los judíos pueden incautarse. Vuestra casa, el taller de tu padre... nada de eso os pertenece ya, y os lo arrebatarán cualquier día de estos.

—De eso es de lo que Marco nos ha estado advirtiendo todo este tiempo.

—Tu hermano sabe lo que dice. Sabe lo que está a punto de ocurrir.

—¿Y usted cómo lo sabe? ¿Cómo puede estar tan seguro?

—Porque se lo he dicho yo. —Lorenzo oyó una voz a su espalda.

Al volverse, vio al ama de llaves de los Balboni, Alda, aquella gárgola de agrio semblante que siempre andaba acechando en la sombra. Cinco años antes, había aconsejado a Lorenzo que no participara en el certamen y le había advertido veladamente de las consecuencias.

—¿Y usted se fía de ella? —inquirió Lorenzo, volviéndose hacia el profesor—. ¡Es de los Camisas Negras!

—No, Lorenzo. No lo es.

—Sabía lo que ocurriría en el certamen.

—Y traté de advertirte, pero no quisiste escucharme —dijo Alda—. Tuviste suerte de salir vivo de allí esa noche.

—Alda no es de los Camisas Negras, pero tiene contactos —señaló Balboni—. Se entera de cosas, sobre los planes de las SS. Hemos avisado a tantos judíos como hemos podido, pero no todos están dispuestos a escuchar. Tu padre es uno de ellos.

—El muy idiota —masculló el ama de llaves.

—Alda —la reprendió el profesor, meneando la cabeza.

—No se lo cree porque no quiere creérselo.

—Tampoco es de extrañar. ¿Quién va a creerse que las SS descuartizaran a una familia de Intra, que masacraran a unos niños en el lago Maggiore? Todo el mundo piensa que son solo historias inventadas para hacer huir a los judíos del país.

—Eso es lo que piensa mi padre —terció Lorenzo.

—Por eso es imposible salvar a Bruno. Pero podemos salvarte a ti, y quizá también a tus hermanos.

—No hay tiempo que perder —dijo Laura con urgencia—. Debéis marcharos antes de mañana por la noche. Reunid solo el equipaje que podáis llevar.

—¿Y adónde vamos? ¿Nos escondemos aquí?

—No, esta casa no es segura —le explicó el profesor—. Mis simpatías son de sobra conocidas y temo que la registren. Pero hay un monasterio a las afueras de Padua donde podéis alojaros unos días. Los frailes os ocultarán hasta que encontremos a alguien que os guíe a la frontera con Suiza. Ten fe, hijo —añadió, poniéndole una mano en el hombro a Lorenzo—. Encontraréis amigos por toda Italia. Lo difícil será saber en quiénes podéis confiar y en quiénes no.

Todo estaba sucediendo muy deprisa. Lorenzo sabía que Marco accedería a marcharse, pero ¿cómo iba a convencer a su hermana? Y su madre jamás abandonaría al abuelo en la residencia. Temía el llanto y las discusiones que lo esperaban, la pena y el remordimiento. Abrumado por lo que habría de hacer a continuación, inspiró hondo y se apoyó en la mesa para no perder el equilibrio.

—Entonces, tengo que dejarlos en manos de las SS. A mis padres.

—Me temo que no te queda otro remedio.

Lorenzo se volvió hacia Laura.

—¿Tú dejarías atrás a tu padre, a sabiendas de quizá nunca volvieras a verlo?

A Laura se le empañaron los ojos.

—Es una decisión muy difícil, Lorenzo. Pero tienes que salvarte.

—¿Tú podrías hacerlo, Laura?

La joven se limpió las lágrimas con la mano y apartó la mirada.

—No lo sé.

—Yo querría que lo hiciera —terció Balboni—. De hecho, insistiría en que lo hiciera. Las últimas semanas han sido engañosamente tranquilas. Por eso tu padre cree que podéis sobrevivir todos solo con mantener la cabeza gacha y no hacer ruido. Pero se acaba el tiempo y las detenciones comenzarán enseguida. Te estoy contando esto porque se lo debo a mi amigo Alberto y porque posees un talento para la música que deberías compartir con el mundo. Pero el mundo jamás te oirá tocar si no sobrevives a esta guerra.

—Haz caso a mi padre —dijo Laura—. Por favor.

Alguien aporreó la puerta principal y todos se alarmaron. Laura lanzó a su padre una mirada de pánico.

—Llévatelo arriba. Rápido —susurró Balboni—. Alda, recoge las copas de vino. No conviene que nadie sepa que hemos tenido visita.

Laura agarró a Lorenzo de la mano y se lo llevó por la escalera de servicio. Mientras subían a toda prisa a la segunda planta, oyeron más golpes en la puerta, y los gritos del profesor.

—¿A qué viene tanta prisa, se quema la casa? ¡Ya voy, ya voy!

Los jóvenes entraron con sigilo en el dormitorio y pegaron la oreja a la puerta cerrada, esforzándose por oír lo que hablaban abajo.

—¿Un asunto policial en plena noche? —bramó el profesor—. ¿A cuento de qué?

—Lamento molestarlo a estas horas, profesor Balboni, pero quería informarlo de algunas novedades —dijo un hombre, en voz baja, pero con premura.

—No tengo ni idea de qué me está hablando —replicó Balboni.

—Comprendo que no se fíe de mí, pero esta noche es esencial que lo haga.

Las voces se diluyeron cuando los dos hombres se trasladaron al comedor.

—¿Qué os pasará si la policía me encuentra aquí? —le susurró Lorenzo a Laura.

—No te preocupes —respondió ella—. Mi padre sabrá salir de esta. Siempre lo hace. Quédate aquí y no hagas ruido —añadió, sellándole los labios con los dedos.

—¿Adónde vas?

—A ayudar a distraer a nuestra visita. —Le dedicó una sonrisa tensa—. Mi padre dice que eso se me da bien. Vamos a ver si es cierto.

A través de la puerta cerrada del dormitorio, Lorenzo oyó crujir los escalones bajo los pies de Laura mientras esta bajaba a reunirse con los dos hombres en el comedor.

—¡Muy mal, papá! ¿No le has ofrecido a nuestro invitado un refrigerio? —se oyó una voz alegre—. *Signore,* soy Laura, la hija del profesor Balboni. ¿Me permite que le sirva una copa de vino? ¿O prefiere un café y un pedazo de bizcocho? Alda, ¿por qué no nos traes una bandeja? No quiero que este señor piense que ya no sabemos atender a las visitas.

Aunque no alcanzaba a oír las respuestas del hombre, Lorenzo oyó las risas de Laura, el inconfundible estrépito de la porcelana y los pasos de Alda del comedor a la cocina y viceversa. Con su aparición, Laura había logrado transformar la alarmante intrusión de un desconocido en una animada merienda. Ni siquiera un policía podía resistirse a su encanto. El hombre empezó a reír también, y Lorenzo los oyó descorchar una botella de vino.

Como le dolía el cuello de estar acuclillado con la oreja pegada a la puerta tanto tiempo, se irguió e intentó aliviar el dolor masajeándose la zona. Al mirar alrededor, cayó en la cuenta de que estaba en la habitación de Laura. Olía a ella, un olor luminoso y floral, a lavanda y a sol. La estancia era objeto de un animado desorden: los libros apilados en precario equilibrio sobre la mesilla de noche, un suéter tirado encima de una silla, un tocador repleto de cremas, polvos y cepillos. Tocó uno de ellos; en sus cerdas se habían enredado mechones rubios. Se imaginó peinándola con ese cepillo, como el que cierne oro.

Las librerías rezumaban el fascinante desorden de Laura. Una colección de cerditos de porcelana, dispuestos en un grupo, como si charlaran porcinamente. Una pastilla gastada de colofonia para chelo. Un cuenco lleno de pelotas de tenis. Y más libros; ¡cómo adoraba Laura sus libros! Vio volúmenes de poesía, una biografía de Mozart, una colección de obras de teatro de Ibsen. Y un estante entero de relatos de amor, algo que no se esperaba. ¿Su fiera y sensata Laura leía novelas románticas? Había tantas cosas que no sabía de ella, tantas cosas que jamás sabría, porque al día siguiente huiría de Venecia.

La idea de no volver a verla nunca más le produjo una punzada en el corazón, un dolor tan real como un golpe seco en el pecho. Estar allí en su cuarto, inhalando su aroma, no hacía más que empeorar la angustia.

Desde abajo le llegó el dulce sonido de su voz, que gritaba:

—¡Buenas noches, *signore!* ¡Por favor, no tenga a mi padre en vela mucho rato!

Luego subió las escaleras, canturreando por el camino, como si no tuviese una sola preocupación en la vida.

Entró en el dormitorio, cerró la puerta y se apoyó en ella, con la cara desfigurada por la tensión. Al ver que él la miraba inquisitivo, negó rotundamente con la cabeza.

—No se va —le susurró.

—¿Qué va a hacer tu padre?

—Emborracharlo. Dejarlo hablar.

—¿A qué ha venido?

—No lo sé. Eso es lo que me aterra. Parece que sabe demasiado de nosotros. Afirma que quiere ayudarnos, si mi padre se presta a cooperar. —Laura apagó la luz y, con el cuarto a oscuras, se atrevió a descorrer la cortina. Miró por la ventana y dijo—: No veo a nadie en la calle, pero, aun así, podrían estar vigilando la casa. —Se volvió hacia él—. No puedes irte ahora. Corres peligro ahí fuera.

—Tengo que volver a casa. Debo advertir a mi familia.

—No puedes hacer nada por ellos, Lorenzo. Esta noche, no. —Guardó silencio un instante mientras se oían las carcajadas de los hombres, procedentes del comedor—. Mi padre sabe cómo manejar esto. Sí, se le da bien. —Su convencimiento parecía insuflarle valor—. Él es capaz de engatusar a quien sea.

«Como tú.» En la oscuridad, lo único que Lorenzo veía era la silueta de Laura, recortada contra la ventana. Había tantas cosas que quería decirle, tantos secretos que quería confesarle, pero la desesperación ahogaba sus palabras.

—Tienes que quedarte aquí. En serio, ¿tan terrible te parece estar aquí atrapado conmigo esta noche? —preguntó con una risa suave.

Se volvió a mirarlo y, cuando sus miradas se encontraron en la oscuridad, ella se quedó inmóvil.

Lorenzo le agarró la mano y se la llevó a los labios.

—Laura —le susurró.

Eso fue lo único que dijo, su nombre. Solo esa palabra, pronunciada con tanta ternura, reveló todos sus secretos.

Y ella lo entendió. Cuando dio un paso hacia él, Lorenzo ya tenía los brazos abiertos para recibirla. El sabor de sus labios le pareció tan embriagador como el vino, y no se cansaba de ellos, nunca se cansaría. Ambos sabían que eso les partiría el corazón, pero ya nada podía detener aquel fuego, nutrido por cinco años de separación y anhelo.

Con la respiración entrecortada, hicieron una pausa para tomar aire y se miraron fijamente en la oscuridad. La luz de la luna se colaba por la abertura de la cortina e iluminaba una espléndida fracción del rostro de Laura.

—¡Cuánto te he echado de menos! —susurró ella—. Te he escrito tantas cartas contándote lo que sentía.

—No recibí ninguna.

—Porque las hice pedazos. No podía soportar la idea de que tú no sintieras lo mismo que yo.

—Sí lo sentía. —Le tomó la cara con las manos—. Ay, Laura, claro que lo sentía.

—¿Por qué nunca me lo dijiste?

—Después de todo lo que pasó, ni siquiera imaginaba que alguna vez...

—¿Pudiéramos estar juntos?

Lorenzo suspiró y bajó las manos.

—Esta noche me parece más imposible que nunca.

—Lorenzo —le susurró, y posó sus labios en los de él. No fue un beso apasionado, sino tranquilizador—. Jamás sucederá si no lo imaginamos primero. Así que eso es lo que debemos hacer.

—Yo quiero que seas feliz. Es lo único que he querido siempre.

—Y por eso te has mantenido alejado de mí.

—No tengo nada que ofrecerte. ¿Qué voy a prometerte?

—¡Las cosas cambiarán! Quizá el mundo esté loco ahora, pero no será así siempre. Hay muchas personas buenas. Lo arreglaremos.

—¿Es eso lo que te dice tu padre?

—Es lo que creo. Es lo que tengo que creer, o no me quedaría esperanza alguna, y yo no sé vivir sin esperanza.

Entonces también él sonrió.

—Ay, mi feroz Laura. ¿Sabes que hubo un tiempo en que te tenía miedo?

—Sí. —Rio—. Mi padre dice que tengo que aprender a no ser tan aterradora.

—Pero yo te quiero por eso.

—¿Y sabes por qué te quiero yo?

Lorenzo negó con la cabeza.

—Ni me lo imagino.

—Porque tú también eres fiero. Con tu música, con tu familia. Con las cosas que importan. En Ca' Foscari he conocido a muchos chicos que me dicen que quieren ser ricos o famosos, o que quieren tener una casa de veraneo en el campo, pero eso son solo cosas que se quieren, no cosas que importen.

—¿Y te ha llegado a tentar alguno de esos chicos? ¿Aunque solo sea un poquito?

—¿Cómo iban a tentarme? Yo solo pensaba en ti, en el escenario aquella noche. En lo seguro que estabas, lo controlada que tenías la situación. Cuando tocaste, me pareció que tu alma le cantaba a la mía. —Apoyó la frente en la de él—. Nadie más me ha hecho sentir eso nunca. Solo tú.

—No sé cuándo volveré. No puedo pedirte que me esperes.

—¿Recuerdas lo que te he dicho? Jamás sucederá si no lo imaginamos primero. Así que eso es lo que debemos hacer: imaginarnos juntos algún día, en el futuro. Me parece que tendrás un aspecto muy distinguido cuando seas mayor. Con el pelo cano por aquí y por aquí —le dijo, tocándole las sienes—. Cuando sonrías, te saldrán unas arrugas preciosas en los rabillos de los ojos. Llevarás unas gafas curiosas, como las de mi padre.

—Y tú seguirás tan guapa como esta noche.

Laura rio.

—¡Ay, no, yo estaré gorda de todos los hijos que habremos tenido!

—Pero igual de guapa.

—¿Ves? Así podría ser hacernos viejos juntos. No debemos dejar de imaginarlo porque algún día...

El bramido de las sirenas de ataque aéreo desgarró el silencio de la noche.

Los dos se volvieron hacia la ventana y Laura descorrió del todo las cortinas. Abajo, en la calle, los vecinos se reunían para explorar el cielo en busca de aviones. Pese a la frecuencia con que sonaban las sirenas, la ciudad jamás había sufrido un ataque aéreo, por lo que los venecianos se mostraban ya algo displicentes ante aquellas alarmas que acostumbraban a perturbar su sueño. Aunque los bombardearan, ¿dónde iban a refugiarse en una ciudad construida sobre el agua?

—*Signore,* ¿se trata de otro simulacro? —gritó Laura desde su ventana en penumbra.

—¡Con estas nubes y esta niebla, desde luego no es la mejor noche para un ataque aéreo! —respondió a voces el hombre—. El piloto no vería nada tres metros por delante de él.

—¿Y por qué suenan las sirenas?

—¿Quién sabe? ¿Han oído alguna noticia? —les gritó entonces a tres hombres que estaban pateando el suelo para entrar en calor, con los cigarrillos encendidos.

—En la radio no han dicho nada. Mi esposa está llamando a su hermana, que vive en Mestre, por si ella ha visto algo.

Empezó a aparecer más gente en toda la calle, personas envueltas en abrigos y chales, preguntando a gritos por encima del incesante estruendo. En vez de miedo, lo que Lorenzo detectaba en sus voces era asombro y excitación, e incluso cierta nota festiva, como si aquello fuese un festejo que se celebrara en las calles al ritmo de las sirenas.

De pronto se abrió con un chirrido la puerta del dormitorio y entró el profesor.

—Nuestra visita se ha ido por fin —susurró.

—¿Qué te ha dicho, papá? ¿A qué ha venido? —preguntó Laura.

—Cielo santo, si lo que me ha dicho es cierto…, las cosas que me ha contado…

—¿Qué cosas?

—Las SS pronto irán casa por casa haciendo detenciones. —Miró a Lorenzo—. No hay tiempo. Debes desaparecer esta misma noche. Con el estruendo de las sirenas, con todo el caos de las calles, podrás escabullirte.

—Necesito ir a casa. Debo contárselo a mi familia —respondió Lorenzo, volviéndose hacia la puerta.

Balboni lo agarró del brazo.

—Es demasiado tarde para salvarlos. Tu familia está en la lista. Puede incluso que vayan ya camino de tu casa.

—¡Mi hermana solo tiene catorce años! ¡No puedo abandonarla a su suerte!

Lorenzo se zafó de él y salió corriendo de la habitación.

—¡Lorenzo, espera! —lo llamó Laura mientras bajaba las escaleras detrás de él. Al llegar a la puerta de la casa, lo asió del brazo y lo detuvo en seco—. ¡Haz caso a mi padre, por favor!

—Debo advertirles. Sabes que es así.

—Papá, habla tú con él —suplicó Laura a su padre, que bajaba las escaleras—. Dile que es demasiado peligroso.

Balboni meneó la cabeza con tristeza.

—Me parece que ya ha tomado una decisión y no le haremos cambiar de opinión. —Miró a Lorenzo—. Ocúltate entre las sombras, muchacho. Si consigues sacar a tu familia de Cannaregio, id al monasterio de Padua. Allí os darán asilo hasta que alguien pueda llevaros a la frontera. —Agarró a Lorenzo por los hombros—. Cuando todo esto haya acabado, cuando Italia recobre el sentido común, volveremos a vernos aquí. Y lo celebraremos.

Lorenzo se volvió hacia Laura. Ella se tapaba la boca con la mano y trataba de contener las lágrimas. El joven la estrechó entre sus brazos y sintió cómo se estremecía su cuerpo por el esfuerzo de no llorar.

—No dejes de creer nunca en nosotros —le susurró.

—No lo haré. Jamás.

—Entonces, ocurrirá. —La besó y se empapó de ella por última vez—. Conseguiremos que ocurra.

13

Lorenzo salió a la oscuridad de la noche, con la cara cubierta por la bufanda para protegerse de miradas inoportunas. Las sirenas de ataque aéreo proseguían su incesante alarido, como si el propio cielo gritara de desesperación. Una pequeña multitud, que había abandonado sus hogares en aquella extraña noche, se agolpaba en el Campo della Carità, ávida de noticias e intercambiando rumores. De haber sido un bombardeo real, la muerte los habría encontrado al aire libre, condenados por su propia curiosidad. Sin embargo, como en todas las noches anteriores, no cayó ni una bomba en Venecia y a los que se quedaron demasiado rato a la intemperie solo se les helaron las manos y los pies, y al día siguiente, con los ojos irritados, lamentaron haberse acostado tan tarde.

Ninguno vio al joven que pasó con sigilo por su lado entre las sombras.

Aquella noche de bruma y caos, Lorenzo cruzó el puente sin que nadie detectase su presencia y atravesó el barrio de San Polo. Su mayor desafío lo esperaba en casa: sacar a su familia de la ciudad antes del amanecer. ¿Llegaría su madre a Padua a pie? ¿Tendrían que enviar a Marco y a Pia de avanzadilla? Si se separaban, ¿cómo y dónde volverían a encontrarse?

Oyó gritos y un estrépito de cristales rotos y se ocultó enseguida en la penumbra. Asomado por la esquina, vio cómo sacaban de su casa a la fuerza a un hombre y a una mujer y los hacían arrodillarse en la calle. De la ventana de un piso superior llovían pedazos de vidrio roto, seguidos de libros y documentos que iban cayendo como aves heridas y aterrizaban en una pila cada vez mayor en la acera. La mujer arrodillada sollozaba y suplicaba, pero las sirenas ahogaban sus lamentos.

De pronto vio, titilante en la oscuridad, la llama de una cerilla. Arrojada al montón de papel, la pequeña lumbre se transformó de inmediato en un infierno.

Lorenzo se apartó de la intensa luz del fuego, salió corriendo por otra calle y, dando un rodeo hacia el norte, atravesó Santa Croce. Al cruzar el puente que conducía a Cannaregio, divisó el resplandor infernal de otro fuego. «Mi calle. Mi casa.»

Volvió a toda prisa la esquina hacia la Calle del Forno y contempló horrorizado la hoguera que rugía en la calle y devoraba una pila de libros. Los de su abuelo. Esparcido por los adoquines había un mar de cristales rotos; los pedazos reflejaban la luz de la pira como pequeños charcos de fuego.

La puerta de su casa estaba reventada. No le hizo falta entrar para ver la destrucción de su interior, la vajilla hecha añicos, las cortinas desgarradas.

—¡Ya no están, Lorenzo! —gritó una voz de niña. Se volvió bruscamente y vio que su vecina de doce años, Isabella, lo miraba triste desde la acera de enfrente—. La policía se los ha llevado. Luego han venido los Camisas Negras y le han prendido fuego a todo. Iban como locos. ¿Por qué han tenido que romper los platos? Papá me ha dicho que me quedara dentro, pero lo he visto desde mi ventana. Lo he visto todo.

—¿Adónde han ido? ¿Dónde está mi familia?

—En Marco Foscarini. Todos están allí.

—¿Por qué se los han llevado a la escuela?

—El policía ha dicho que los iban a mandar a un campo de trabajo. Le ha dicho a papá que no se preocupara porque solo será por un tiempo. Cuando todo se calme, volverán. Ha dicho que sería como unas vacaciones para ellos. Mi padre dice que no hay nada que podamos hacer, que así es como tiene que ser.

Lorenzo contempló las cenizas ennegrecidas, lo único que quedaba de la preciada biblioteca de música de su abuelo Alberto. En la umbrosa periferia, solo un volumen había sobrevivido a las llamas. Se agachó a recogerlo y sus páginas chamuscadas desprendieron un fuerte olor a humo. Era la colección de canciones gitanas de Alberto, tonadas que Lorenzo conocía desde que no era más que un bebé. Las mismas que Pia tarareaba a última hora de la noche, cuando se cepillaba el pelo. Se quedó allí plantado, abrazado a aquel valioso libro de partituras, preocupado por su hermana, pensando en lo aterrada que debía de estar. Pensó también en su madre, con las rodillas doloridas y los pulmones delicados. ¿Cómo iba a sobrevivir a la dura faena de un campo de trabajo?

—¿Te vas con ellos, Lorenzo? —preguntó Isabella—. Si te das prisa, aún los alcanzarás, y así estaréis todos juntos. No lo pasaréis tan mal. Eso ha dicho el policía.

Lorenzo alzó la mirada a las ventanas destrozadas de su hogar. Si se marchaba ya, podría estar a mitad de camino de Padua al amanecer. Desde allí, tendría que tomar rumbo noroeste, hacia las montañas, y cruzar la frontera de Suiza. Eso era lo que el profesor Balboni lo había instado a hacer: huir. Olvidarse de su familia y salvarse.

«Y cuando termine la guerra —se dijo—, ¿cómo podré volver a mirarlos a la cara, sabiendo que los he abandonado a las miserias de un campo de trabajo?» Imaginó la mirada traicionada de Pia. No podía pensar más que en la mirada de su hermana.

—¿Lorenzo?

—Gracias, Bella —dijo, acariciando suavemente la cabeza de la niña—. Cuídate. Algún día volveremos a vernos.

—¿Vas a huir?

—No. —Se guardó el libro debajo del abrigo—. Voy a buscar a mi familia.

Fue Pia quien lo vio. Por encima del alboroto del llanto de niños y bebés, la oyó llamarlo a gritos y vio sus brazos agitarse còn frenesí para captar su atención. Había tanta gente hacinada en el improvisado centro de detenciones del Collegio Marco Foscarini que tuvo que abrirse paso entre ancianos aturdidos que se mecían desesperados, pasar por encima de familias que se habían derrumbado sin más y se encontraban tiradas en el suelo, presas del agotamiento.

Pia se abalanzó sobre él con tanto entusiasmo que lo hizo tambalearse.

—¡Pensaba que nunca volveríamos a verte! Marco dijo que habías huido, pero yo sabía que no harías eso. ¡Sabía que no nos abandonarías!

Su madre y su padre se acercaron a estrujarlo también, y entre todos lo envolvieron en una asfixiante maraña de brazos. Solo cuando por fin los demás lo soltaron, se acercó su hermano Marco a darle una fuerte palmada en la espalda.

—No teníamos ni idea de adónde habías ido —dijo Marco.

—Estaba en casa de los Balboni cuando he oído las sirenas.

—Ha sido solo una treta —señaló su hermano con amargura—. Se han servido de las sirenas para pillarnos por sorpresa. Así nadie ha oído lo que ocurría. Y aún no sabemos nada del abuelo. Se rumorea que han asaltado hasta la residencia. —Marco miró a su madre, que se había desplomado en un banco y se estrechaba el abrigo con fuerza alrededor del cuerpo—. La han sacado directamente de la cama —añadió en voz baja—. Ni siquiera la han dejado vestirse. Hemos cogido lo que hemos podido antes de que nos pusieran en la calle.

—He visto la casa —dijo Lorenzo—. Los Camisas Negras han roto todas las ventanas, quemado todos los libros. Están haciendo lo mismo por toda la ciudad.

—¿Y has tenido oportunidad de escapar? ¿Por qué demonios no has huido? ¡Podrías estar camino de la frontera!

—¿Y Pia? ¿Y mamá? Somos una familia, Marco. Debemos permanecer unidos.

—¿Cuánto crees que aguantarás en un campo de trabajo? ¿Cuánto crees que aguantarán ellos?

—Calla. Vas a asustar a Pia.

—No estoy asustada —espetó su hermana—. Ahora que estamos todos juntos, ya no. —Agarró de la mano a Lorenzo—. Ven, mira lo que he hecho. Te va a encantar.

—¿El qué?

—Cuando los he oído aporrear la puerta, he ido corriendo a tu cuarto. Me lo he escondido debajo del abrigo para que no lo vieran.

Pia lo llevó hasta el banco en el que estaba sentada su madre y metió la mano por debajo.

Lorenzo contempló lo que su hermana le mostraba y, por un instante, se quedó sin habla, conmovido por aquel gesto. En el interior del estuche, la Dianora aún se hallaba sana y salva sobre su lecho de terciopelo. Acarició la madera barnizada y, pese al frío de aquella estancia, la notó caliente bajo las yemas de sus dedos, tan viva como una persona.

Entre lágrimas, miró a su hermana.

—Gracias. —La abrazó—. Gracias, querida Pia.

—Sabía que vendrías a por él. Sabía que vendrías a por nosotros.

—Y aquí estoy.

Donde debía estar.

A la mañana siguiente lo despertó el llanto de los niños.

Agarrotado de dormir en el suelo, Lorenzo se incorporó con un gruñido y se frotó los ojos. La luz que entraba por las ventanas sucias del salón de actos teñía los rostros de un gris frío y apagado. Cerca, una mujer agotada intentaba callar a su pequeño intranquilo. Un anciano se mecía hacia delante y hacia atrás, balbuciendo algo que solo él entendía. Mirara donde mirase, solo veía hombros caídos y rostros atónitos, muchos de los cuales reconocía. Estaban los Perlmutter, que tenían una hija con labio leporino; y los Sanguinetti, a cuyo hijo de catorce años había dado clases de violín hasta que el extraordinario desinterés del muchacho había puesto fin a las lecciones; también estaban los Polacco, dueños de una sastrería; y el señor Berger, que fuera presidente del banco; y la anciana señora Ravenna, que siempre terminaba discutiendo con su madre cuando se encontraban en la plaza. Jóvenes o viejos, cultos u obreros, todos habían quedado reducidos a la misma miseria.

—¿Cuándo nos traerán comida? —gimoteó la señora Perlmutter—. ¡Mis hijos tienen hambre!

—Todos tenemos hambre —replicó un hombre.

—Usted puede prescindir de la comida. Los niños, no.

—Hable por usted.

—Eso es lo único en lo que piensa, ¿no? ¿En sí mismo y en nadie más?

El señor Perlmutter le puso una mano tranquilizadora en el brazo a su esposa.

—Esto no conduce a nada. Déjalo estar, por favor. —Sonrió a sus hijos—. No os preocupéis. Pronto nos traerán algo de comer.

—¿Cuándo, papá?

—A la hora del almuerzo, estoy convencido. Ya veréis.

Pero llegó la hora del almuerzo y pasó, igual que la de la cena. No hubo comida ese día, ni al siguiente. Solo les quedaba el agua de los lavabos.

Por las noches, el llanto de hambre de los niños tenía a Lorenzo en vela.

Hecho un ovillo en el suelo, junto a Pia y Marco, cerraba los ojos e intentaba no pensar en comida, pero ¿cómo no iba a hacerlo? Recordó los banquetes que había disfrutado a la mesa del profesor Balboni: los consomés más claros y luminosos que había saboreado en su vida, y el pescado fresco de la laguna, tan pequeño que se lo comía con espinas y todo. Pensó en los dulces y los vinos, y en el aroma embriagador del pollo asándose.

Su hermana gimió mientras dormía, perseguida en sueños por el hambre.

Él la rodeó con el brazo y le susurró:

—Tranquila, Pia, estoy aquí. Todo se arreglará.

Ella se acurrucó contra el cuerpo de su hermano y volvió a dormirse; él no pudo.

Estaba completamente desvelado cuando cayó el primer saco por la ventana.

Casi aterrizó en la cabeza de una mujer, que despertó sobresaltada y gritó en la oscuridad:

—¡Ahora intentan matarnos! ¡Aplastarnos la cabeza mientras dormimos!

Cayó un segundo saco dentro de la sala y algo salió rodando de él, retumbando por el suelo.

—¿Quién nos está tirando cosas? ¿Por qué hacen esto?

Lorenzo se subió al banco y se asomó por la ventana alta. Vio dos figuras agazapadas en la penumbra, una de ellas a punto de lanzar un tercer saco dentro.

—¡Eh, oiga! —le gritó—. ¿Qué hace?

Una de las figuras miró hacia arriba. Había luna llena y, a la luz intensa de esta, vio el rostro de una anciana vestida de negro. La mujer se llevó un dedo a los labios, como rogando silencio, luego su acompañante y ella se alejaron aprisa del edificio y se perdieron en la oscuridad.

—¡Manzanas! —chilló entusiasmada una mujer—. ¡Son manzanas!

Alguien encendió una vela y, bajo su exiguo resplandor, vieron el botín que se había derramado de los sacos: hogazas de pan, cuñas de queso envueltas en papel de periódico, una bolsa de tela con patatas cocidas...

—Alimentad primero a los niños —suplicó una mujer—. ¡A los niños!

Pero la gente ya estaba cogiendo la comida, desesperada por hacerse con algún pedazo de algo antes de que desapareciera todo. Las manzanas fueron a parar a los bolsillos. Dos mujeres se disputaron a arañazos un paquete de queso. Un hombre se metió una patata en la boca y la devoró antes de que pudieran arrebatársela.

Marco se zambulló en la melé y apareció al poco con media hogaza de pan, lo único que pudo rescatar para su familia. Se apiñaron todos para proteger su tesoro mientras Marco cortaba el mendrugo en cinco pedazos y entregaba uno a cada uno. Estaba correoso como el cuero, por lo menos era del día anterior, pero Lorenzo lo recibió como si fuese el más tierno de los bizcochos. Saboreó cada bocado, con los ojos cerrados de placer, dejando que la dulce levadura se deshiciese en su lengua. Pensó en todo el pan que había comido en su vida y en lo deprisa que se lo había tragado sin disfrutarlo de verdad, porque el pan era como el aire, algo que uno daba por supuesto, el alimento básico que nunca faltaba en una comida.

Mientras se lamía las últimas migas de los dedos, observó que su padre no había empezado siquiera su trozo y se limitaba a mirarlo fijamente.

—Papá, come —le dijo.

—No tengo hambre.

—¿Cómo puede ser? ¡Llevas dos días sin comer!

—No lo quiero —dijo, ofreciéndoselo a Lorenzo—. Toma, coméoslo vosotros.

—No digas disparates, papá —espetó Marco—. Tienes que alimentarte.

Bruno negó con la cabeza.

—Esto es culpa mía, todo esto es por mi culpa. Debí haberte hecho caso, Marco, y haber hecho caso al profesor Balboni. Debíamos habernos ido de Italia hace meses. ¡Un viejo estúpido y testarudo, eso es lo que soy!

El pan cayó al suelo y Bruno se tapó la cara con las manos, meciéndose, con el cuerpo entero estremecido por los sollozos. Lorenzo nunca lo había visto llorar. ¿Aquel hombre deshecho era su padre, el mismo que siempre había insistido en que él sabía lo que más convenía a su familia? ¿El mismo que se había empeñado en tener abierto el taller de lutier seis días a la semana aunque la clientela no dejara de mermar? Qué fortaleza debía de haber necesitado Bruno para ocultar sus dudas durante esos cinco años, para cargar con todo el peso de cada decisión, buena o mala. Y a eso lo habían conducido sus decisiones. Lo impresionó tanto ver derrumbarse a su padre que no supo qué hacer o decir.

Pero su madre sí. Envolvió con sus generosos brazos a su marido y le apoyó la cabeza en su hombro.

—No, Bruno, esto no es culpa tuya —murmuró—. Yo no podía abandonar a mi padre, ni quería marcharme, así que también es culpa mía. Lo decidimos juntos.

—Y ahora lo sufrimos juntos.

—No será para siempre. Además, tan terrible no puede ser un campo de trabajo. A mí no me asusta trabajar y sé que a ti tampoco. Siempre has trabajado mucho. Lo importante es que no nos separemos, ¿no? —Le peinó hacia atrás el poco pelo que le quedaba y le besó la coronilla—. ¿No?

Lorenzo no recordaba la última vez que había visto a sus padres besarse o abrazarse. En casa siempre parecían planetas distintos, cada uno girando en su propia órbita, muy cerca el uno del otro, pero sin tocarse. No los imaginaba ardiendo el uno por el otro como él ardía por Laura y, sin embargo, allí estaban, abrazados como tortolitos. ¿Había llegado a conocer realmente a sus padres?

—Papá, por favor, come —le suplicó Pia, y le puso el mendrugo en la mano.

Bruno se lo quedó mirando como si nunca hubiese visto un trozo de pan y no supiera qué hacer con él. Cuando por fin empezó a comer, lo hizo sin aparente agrado, como por obligación, solo por complacer a su familia.

—Eso es, tranquilo. —Su esposa le sonrió—. Todo se arreglará.

—Sí. —Bruno inspiró hondo y se irguió; el patriarca de la familia estaba de nuevo al mando—. Todo se arreglará.

Al amanecer del tercer día, las puertas se abrieron de golpe.

Lorenzo despertó sobresaltado por el ruido sordo de botas en el suelo y se levantó con dificultad al descubrir que irrumpían en la sala unos hombres uniformados. Lucían la insignia fascista de la Guardia Nacional Republicana.

Por encima de los gritos de los niños aterrados resonó una voz:

—¡Atención! ¡¡Silencio!!

El oficial no cruzó el umbral de la puerta, se dirigió a ellos desde la entrada, como si el aire de la estancia estuviese contaminado y no quisiera ensuciarse los pulmones.

Pia cogió de la mano a Lorenzo. La pobre temblaba.

—El artículo séptimo del «Manifiesto de Verona» los considera extranjeros enemigos —anunció el oficial—. Conforme al decreto policial número cinco, promulgado el 1 de diciembre, se los trasladará a un campo de concentración. El ministerio ha tenido la generosidad de eximir a los ancianos o los que se encuentren gravemente enfermos, pero a ustedes se les considera sanos y aptos para el traslado.

—Entonces, ¿el abuelo está a salvo? —dijo Pia—. ¿No lo sacarán de la residencia?

—Chist.

Lorenzo le apretó la mano a modo de advertencia. «No llames la atención.»

—El tren los espera —señaló el oficial—. Cuando hayan embarcado, podrán escribir cada uno una carta. Les sugiero que informen a sus familiares y amigos de que se encuentran bien, para que no se preocupen. Les garantizo que las cartas se entregarán. Ahora recojan sus pertenencias. Traigan solo lo que puedan llevar a la estación.

—¿Ves? —le susurró Eloisa a Bruno—. Hasta nos dejan mandar cartas. Y mi padre se puede quedar en la residencia. Le escribiré para que no se preocupe por nosotros. Escribe tú a Balboni. Dile que nos ha asustado para nada y que todo va bien.

Con tantas familias y tantos niños pequeños, la procesión a la estación fue lenta. Pasaron en fila india por delante de escaparates que conocían y por la misma pasarela que Lorenzo había cruzado tantísimas veces. Los transeúntes se agolpaban para observarlos en sobrecogedor silencio, como si presenciaran un desfile de fantasmas. Entre los rostros de los espectadores, Lorenzo vio el de la vecina, Isabella, que levantó el brazo para saludarlo, pero su padre la agarró por la muñeca y la obligó a bajarlo. Cuando pasó por delante, el hombre no quiso mirarlo a los ojos; bajó la vista a los adoquines, como si solo por mirarlo fuera a condenarse también.

El desfile silencioso cruzó la plaza, donde, cualquier otro día, se oirían risas y parloteos, mujeres llamando a gritos a sus hijos; pero, ese día, solo se oía el arrastrar de pies, de muchos pies, que avanzaban en una cansina columna. Los que presenciaban la procesión no se atrevieron a rechistar.

En medio de tal silencio, la única voz que se alzó resultó aún más perturbadora.

—¡Lorenzo, aquí! ¡Estoy aquí!

Al principio lo único que vio fue el destello del sol en una melena rubia y que la multitud se apartaba a medida que ella avanzaba, suplicando:

—¡Déjenme pasar! ¡Tengo que pasar!

Y, de pronto, allí estaba Laura, abrazada a él, besándolo. Sus labios sabían a sal, a lágrimas.

—Te quiero —le dijo Lorenzo—. Espérame.

—Te lo prometo. Prométeme tú que volverás.

—¡Joven! —bramó un guardia—. ¡Apártese!

La arrancaron de los brazos de Lorenzo y él retrocedió tambaleándose hasta la multitud en movimiento, que lo arrastró hacia delante, siempre hacia delante.

—¡Prométemelo! —la oyó gritar de nuevo.

Lorenzo se volvió, desesperado por verla una última vez, pero su rostro ya se había perdido entre la muchedumbre. Solo vio una mano pálida que se agitaba a modo de despedida.

—Están ciegos, todos ellos —dijo Marco—. Se tapan los ojos para no ver lo que está pasando. —Mientras sus padres y su hermana dormitaban a su lado, adormecidos por el hipnótico traqueteo del tren, los dos hermanos hablaban en voz baja—. Esas cartas a la familia no son nada. Nos dejan escribir para tranquilizarnos. Para distraernos. —Miró a Lorenzo—. Has escrito a Laura, ¿no?

—¿Insinúas que no se la entregarán?

—Sí, posiblemente la reciba. ¿Por qué? ¿Qué piensas tú?

—No tengo claro lo que me estás preguntando.

Marco soltó un bufido.

—¡Porque estás tan ciego como los demás, hermanito! Pasas por la vida flotando en una nube, soñando con tu música, convencido de que, huy, sí, todo se arreglará. Te casarás con Laura Balboni y tendréis unos hijos perfectos y viviréis felices para siempre, tocando música bonita.

—Al menos no estaré amargado y rabioso como tú.

—¿Sabes por qué estoy amargado? Porque veo la verdad. Tu carta se entregará. Y la de Pia y la de mamá. —Miró un instante a sus padres dormidos, acurrucados el uno contra el otro, con los brazos entrelazados—. ¿Has visto la bobada que ha escrito mamá? «Los asientos de tercera de nuestro tren son muy cómodos. Nos han prometido un alojamiento igual de aceptable.» ¡Como si fuéramos de vacaciones a un hotel de Como! Nuestros amigos y vecinos pensarán que todo va bien, que viajamos en tren, como cualquier turista, y no se preocuparán. Igual que papá. Toda la vida ha trabajado con las manos y no quiere creer lo que no puede ver ni tocar. Le falta imaginación para ponerse en lo peor. Y por eso nadie se rebela, porque todos queremos pensar bien. Porque da demasiado miedo imaginar las posibilidades. —Se volvió hacia Lorenzo—. ¿Has observado en qué dirección nos lleva este tren?

—¿Cómo voy a saberlo? Todos los estores están bajados.

—No quieren que veamos adónde vamos. Pero, incluso a través de los estores, se puede ver en qué dirección brilla el sol.

—Han dicho que nos llevan al campo de concentración de Fossoli, donde mandan a todo el mundo.

—Eso dicen. Pero fíjate en la luz. Mira por qué lado del tren brilla el sol. No vamos a Fossoli. Este tren va al norte —susurró Marco, mirando con tristeza al infinito.

Julia

14

Rob está furioso conmigo. Lo sé por el portazo que da al llegar a casa y por lo agitado que entra en la cocina.

—¿Has cancelado la cita con la doctora Rose?

No me vuelvo a mirarlo, sigo troceando zanahorias y patatas para la cena. Esta noche toca pollo asado, pintado de aceite de oliva y limón, y sazonado con romero y sal marina. Cenaremos solos, porque Lily sigue con Val. La casa está muy silenciosa sin ella y se me hace raro. Es como si hubiese entrado en un triste universo paralelo y mi verdadero hogar, habitado por mi auténtico yo, existiera en otra dimensión. Un hogar donde aún somos felices, donde mi hija me quiere y mi marido no está conmigo en la cocina, lanzándome miradas asesinas.

—No me apetecía verla —digo.

—¿No te apetecía? ¿Tienes idea de lo que le ha costado hacerte hueco con tan poco tiempo de antelación?

—Lo de la psiquiatra fue idea tuya, no mía.

Suelta una carcajada de frustración.

—Sí, ya me dijo que te resistirías. Me dijo que la negación forma parte de tu problema.

Dejo el cuchillo tranquilamente en la encimera y me vuelvo hacia esa versión de Rob de otra dimensión. Al contrario que mi templado marido de camisa almidonada, el que tengo delante está nervioso, colorado como un tomate y lleva la corbata torcida.

—¿Has ido a verla? ¿Habéis estado hablando de mí?

—¡Pues claro que sí! Estoy desesperado. Necesito hablar con alguien.

—¿Y qué le has contado?

—Que estás tan obsesionada con ese condenado vals que no quieres enfrentarte al verdadero problema. Que te has distanciado de Lily. Y de mí.

—Si alguien te clavara un cristal en el muslo, también te distanciarías.

—Sé que piensas que el problema es Lily, pero la doctora Rose pasó tres horas observándola y no vio más que a una niña de tres años completamente normal y absolutamente encantadora. Su actitud no es violenta y no hay indicios de patología.

Lo miro fijamente, atónita ante lo que acabo de oír.

—¿Has llevado a mi hija a la psiquiatra sin consultármelo?

—¿Crees que esto es fácil para Lily? Pasa más tiempo en casa de Val que aquí, y está confundida. Entretanto, tú llamas a Roma todos los días. He visto la factura del teléfono. ¡El pobre anticuario se preguntará por qué esa loca no lo deja en paz!

La palabra «loca» me cae como una bofetada. Es la primera vez que me lo dice a la cara, aunque hace tiempo que lo piensa. Soy la loca de su mujer, hija de otra loca.

—Ay, Julia, perdóname. —Suspira y añade, en voz baja—: Por favor. Ve a ver a la doctora Rose.

—¿Para qué? Si ya me habéis diagnosticado vosotros en mi ausencia.

—Es buena psiquiatra. Muy agradable, de las que se preocupan por sus pacientes. A Lily le cayó bien enseguida. Y a ti te pasará igual.

Me giro de nuevo hacia la tabla de cortar y cojo el cuchillo. Sigo troceando zanahorias, muy despacio. Aun cuando se arrima a mí por la espalda y me rodea la cintura con los brazos, continúo troceando, clavando con fuerza la hoja del cuchillo en la tabla de madera.

—Lo hago por nosotros —me susurra, y me besa la nuca. El calor de su aliento me produce escalofríos, como si un extraño me estuviera toqueteando. No es el marido al que adoro, el hombre al que he amado más de diez años—. Lo hago porque os quiero. A las dos, mis dos chicas preferidas en el mundo entero.

Cuando Rob se queda dormido esa noche, me levanto y bajo con sigilo a su ordenador, donde busco en Internet a la doctora Diana Rose. Mi marido tiene razón: me he obsesionado tanto con averiguar el origen de *Incendio* que no he prestado atención a lo que sucede en mi propia casa. Debo informarme sobre esa mujer que ya ha decidido que me resisto y que estoy en fase de negación. Se ha colado hábilmente en mi familia, camelándose a mi hija, impresionando a mi esposo, y en cambio yo no sé nada de ella.

En Google encuentro montones de coincidencias con «doctora Diana Rose, Boston». En su sitio web profesional figuran su especialización (psiquiatría), los lugares donde pasa consulta (en el centro de Boston, en múltiples hospitales) y su formación (Universidad de Boston y Facultad de Medicina de Harvard). Pero es su fotografía lo que más me impacta.

Al proclamar las bondades de la doctora, Rob ha olvidado decirme que es una morena despampanante.

Hago clic en el siguiente enlace de Google. Es una noticia de Worcester, en Massachusetts, sobre un juicio del que Rose fue perito. Declaró que Lisa Verdon era un peligro para sus hijos, por lo que el tribunal concedió la custodia al padre de las criaturas.

El miedo me anuda el estómago.

Hago clic en el siguiente enlace. Es otro caso llevado a los tribunales, y veo que habla de una «vista oral para determinar la competencia». La doctora Rose, testificando en representación del estado de Massachussetts, aconsejó el ingreso forzoso de un tal Lester Heist en un centro psiquiátrico porque era un peligro para sí mismo.

En la siguiente decena de páginas web que visito, veo esa palabra una y otra vez: competencia. Esa es la especialidad de la doctora Rose. Decide si los pacientes son un peligro para sí mismos o para los demás, si conviene encerrarlos en alguna institución como hicieron con mi madre.

Salgo de Google y me quedo mirando la pantalla del ordenador, donde descubro que hay una imagen nueva de fondo de escritorio. ¿Cuándo la habrá cambiado? Hace solo una semana, tenía una foto de los tres, posando en el jardín de casa. Ahora hay una solo de Lily en la que, por el reflejo del sol en su pelo dorado, parece que tenga un halo celestial en la cabeza. Me siento como si me hubieran borrado de la familia y pienso que, si me miro el regazo, veré que me están desapareciendo los brazos. ¿Cuánto tardará en haber una foto de otra mujer en esa pantalla? ¿La de una morena de ojos enormes que cree que mi hija es una niña dulce, encantadora y completamente normal?

Diana Rose es tan atractiva en persona como en la foto de su sitio web. Su consulta en una quinta planta tiene grandes ventanales que dan al río Charles, pero unos estores finos ocultan las vistas. Esas ventanas tapadas me producen claustrofobia, como si estuviera encerrada en una caja blanca con muebles blancos y, si no digo lo que debo decir, si no demuestro mi cordura, esa mujer fuera a dejarme allí metida para siempre.

Sus primeras preguntas son más o menos inocuas: dónde nací, dónde me crie y cómo es mi salud en general. Tiene los ojos verdes, una piel perfecta y la blusa de seda de color crudo que lleva es lo bastante transparente para revelar el contorno de un sujetador. Me pregunto si mi marido habrá observado esas mismas cosas en sus sesiones, sentado en este mismo diván en el que estoy yo ahora. Su voz es melosa y se le da bien hacerme creer que le preocupa mi bienestar, pero a mí me parece una ladrona. Me ha robado el afecto de mi hija y la lealtad de mi marido. Cuando le digo que soy música profesional, con un título del Conservatorio de Nueva Inglaterra, me parece ver que frunce el labio con desdén. ¿Piensa que los músicos no somos auténticos profesionales? Ella tiene las paredes forradas con sus diplomas, certificados y premios enmarcados, prueba irrefutable de que es superior a cualquier musicastro.

—Entonces ¿cree que todo empezó cuando interpretó esa pieza, *Incendio*? Hábleme de esa música. ¿Dice que la encontró en Roma?

—En una tienda de antigüedades —afirmo.

—¿Qué la impulsó a comprarla?

—Colecciono música. Siempre ando buscando algo que no haya oído antes. Algo único y hermoso.

—¿Y supo que esa pieza sería hermosa solo con verla?

—Sí. Cuando leo música, reproduzco mentalmente las notas. Pensé que funcionaría bien como arreglo para mi cuarteto. Al llegar a casa, la toqué con el violín. Fue entonces cuando Lily... —Me interrumpo—. Fue entonces cuando cambió.

—Y está convencida de que fue por *Incendio*.

—Esa pieza tiene algo, algo oscuro y perturbador. Posee una energía negativa que percibí en cuanto la toqué por primera vez. Creo que a Lily le pasó lo mismo, que le provocó una mala reacción.

—Y por eso la atacó, porque la música la incitó a hacerlo.

Su expresión es completamente neutra, pero no logra disimular su escepticismo al hablar. Lo veo claro: una sola nota amarga en una interpretación por lo demás perfecta.

—No sé de qué otra forma llamarlo. Es una pieza maldita.

Asiente como si lo entendiera, pero, por supuesto, no es así.

—¿Por eso ha estado haciendo todas esas llamadas a Roma?

—Quiero saber de dónde viene y cuál es su historia. Me ayudaría a entender por qué tiene ese efecto en Lily. He estado intentando localizar al hombre que me la vendió, pero no contesta al teléfono. Su nieta me escribió hace unas semanas para decirme que le ha pedido a su abuelo que investigue, pero no he vuelto a saber nada desde entonces.

La doctora Rose toma aliento y se recoloca en su sitio, señal no verbal de que está a punto de cambiar de estrategia.

—¿Qué siente por su hija, señora Ansdell? —me pregunta tranquilamente.

Eso me hace enmudecer porque no estoy segura de la respuesta. Recuerdo a Lily sonriéndome, de recién nacida, y que entonces pensé: «Este siempre será el momento más feliz de mi vida». Recuerdo la noche en que ardía de fiebre y lo angustiada que estaba yo solo de pensar que pudiera pasarle algo. Luego me viene a la memoria el día en que, al bajar la vista, me encontré aquel trozo de cristal clavado en el muslo y la oí canturrear «Pupa a mami. Pupa a mami».

—¿Señora Ansdell?

—La quiero, por supuesto —respondo automáticamente.

—¿Aunque la atacara?

—Sí.

—Aunque ya no parezca la misma niña.

—Sí.

—¿Alguna vez siente el impulso de vengarse por el daño que le ha hecho?

La miro fijamente.

—¿Qué?

—No es algo inusual —afirma con fingida naturalidad—. Hasta la madre más paciente puede llegar al límite y darle un cachete o una bofetada a un niño.

—Yo jamás le he hecho daño. ¡Jamás he querido hacerle daño!

—¿Ha sentido alguna vez el impulso de autolesionarse?

Con qué astucia me ha colado esa. Ya veo adónde nos llevará este interrogatorio.

—¿Por qué me pregunta eso? —le digo.

—Ha sufrido dos percances: una puñalada en la pierna y una caída por las escaleras.

—No me apuñalé yo. Ni me tiré por las escaleras.

Suspira, como si yo fuera demasiado torpe para entender lo que es obvio para el resto de la humanidad.

—Señora Ansdell, nadie más presenció esos incidentes. ¿Podría ser que no sucedieran como usted los recuerda?

—Sucedieron exactamente como los he descrito.

—Solo trato de evaluar la situación. No hay necesidad de mostrarse hostil.

¿Es eso lo que detecta en mi voz? Inspiro hondo y trato de relajarme, aunque tengo motivos de sobra para mostrarme hostil. Mi matrimonio se derrumba, mi hija quiere hacerme daño y ahí está la doctora Rose, tan serena y tan dueña de la situación. Me pregunto si su vida será tan perfecta como parece. A lo mejor es alcohólica, cleptómana o ninfómana y nadie lo sabe.

A lo mejor les roba los maridos a otras mujeres.

—Mire, no sé por qué he accedido a hablar con usted —le digo—. Me parece que esto es una enorme pérdida de tiempo, tanto del suyo como del mío.

—Su marido está preocupado por usted. Por eso está aquí. Dice que ha perdido peso y no duerme bien.

—¿Qué más le ha dicho?

—Que se ha distanciado de su hija, y de él. Que la ve tan preocupada que no parece oír lo que él le dice, razón por la que debo preguntarle lo siguiente: ¿oye voces?

—¿A qué se refiere?

—¿Voces que le hablan en su imaginación? ¿Personas que no están ahí pero le dicen que haga cosas? ¿Que se haga daño, por ejemplo?

—Me está preguntando si estoy psicótica. —Me echo a reír—. La respuesta, doctora Rose, es sencillamente no. ¡Ni hablar!

—Confío en que comprenda que es algo que debo preguntar. A su marido le preocupa el bienestar de su hija y, como él no está en casa durante el día, es preciso que nos aseguremos de que la niña se encuentra a salvo a solas con usted. —Por fin hemos llegado a la verdadera razón por la que estoy en la consulta de una psiquiatra. Piensan que soy un peligro para Lily, que soy un monstruo mataniños como mi madre y que deben protegerla de mí—. Tengo entendido que su hija se aloja ahora con una tía suya. No es una solución a largo plazo —señala—. Su marido desea que la niña vuelva a casa, pero también quiere estar seguro de que no va a correr peligro.

—¿No cree usted que yo también quiero que vuelva? Desde el día en que nació, apenas me he separado de ella. Si no está conmigo, siento que me falta algo.

—Aunque quiera tenerla en casa, analice la situación. Olvidó recogerla en la guardería y ni siquiera se dio cuenta. Piensa que su hija es violenta y que quiere hacerle daño. Está obsesionada con una pieza de música que considera maligna. —Hace una pausa—. Y tiene antecedentes familiares de psicosis. —Todo ello pinta un cuadro sin duda espantoso. Cualquiera que oyera la despiadada retahíla de hechos coincidiría con sus conclusiones. Así que lo que dice a continuación no me sorprende—. Para que yo dé el visto bueno a que su hija vuelva a casa, debería someterse a un examen exhaustivo. Le aconsejo un período de observación en un entorno hospitalario. Hay una clínica muy buena a las afueras de Worcester que estoy segura de que encontrará confortable. Esto sería algo completamente voluntario por su parte. Considérelo unas breves vacaciones. Una oportunidad de deshacerse de todas sus responsabilidades y centrarse únicamente en usted.

—¿Cómo de «breves» serían esas vacaciones?

—No puedo decírselo con exactitud en estos momentos.

—Así que podrían ser semanas, incluso meses.

—Depende de los progresos que haga.

—¿Y quién determinará mis progresos, usted?

Mi sarcasmo la hace recostarse en el asiento. Apuesto a que figura entre sus anotaciones la frase «paciente extremadamente hostil», otro detalle que refuerza el perturbador perfil de Julia Ansdell, la madre loca.

—Permítame que insista en que ese período de evaluación sería completamente voluntario —dice—. Podría solicitar el alta en cualquier momento.

Tal y como lo dice, parece que de verdad tengo elección, como si lo que va a ocurrir a continuación fuera decisión mía, pero ambas sabemos que me tienen acorralada. Si digo que no, perderé a mi hija y probablemente a mi marido. En realidad, ya los he perdido. Lo único que me queda es mi libertad, e incluso eso depende enteramente de la doctora. Basta con que me declare un peligro para mí misma o para los demás y la puerta del psiquiátrico se cerrará de golpe.

Noto que me observa atentamente mientras considero mi respuesta. «Mantén la calma, sé agradable.»

—Necesito tiempo para mentalizarme —digo—. Quiero hablar con mi marido primero. Además, debo asegurarme de que mi tía Val puede ayudarnos con Lily.

—Por supuesto. Lo comprendo.

—Como estaré ausente un tiempo, habrá que resolver cuestiones prácticas.

—No hablamos de internarla para siempre, señora Ansdell.

Pero con mi madre sí fue para siempre. Para ella, aquella institución psiquiátrica fue la última parada en su corta y turbulenta existencia.

La doctora Rose me acompaña a la sala de espera, donde Rob ha estado sentado. Con el fin de asegurarse de que no faltaba a esta cita, me ha traído en coche, y veo la mirada inquisitiva que le lanza a la psiquiatra. Ella le hace un gesto con la cabeza a modo de muda confirmación de que todo ha ido bien y de que la loca de su mujer accederá a sus planes.

Y accedo. ¿Qué otra cosa puedo hacer? Voy sentada dócilmente en el coche mientras Rob conduce. Cuando llegamos a casa, me ronda un rato, vigilándome, para asegurarse de que no me tiro por la ventana o me corto las venas. Pululo por la cocina, pongo agua a hervir, procuro parecer lo más normal posible, pese a que tengo los nervios tan disparados que podría saltar en cualquier momento. Cuando por fin se va y vuelve al trabajo, me siento tan aliviada que rompo a llorar y me derrumbo en una silla de la cocina.

Así que así es como uno se vuelve loco.

Me sujeto la cabeza con las manos y pienso en hospitales psiquiátricos. «Una clínica» lo ha llamado la doctora Rose, pero sé a qué clase de sitio quieren mandarme. He visto una foto del centro en el que murió mi madre. Tenía unos árboles preciosos y un césped magnífico… y cerradura en las ventanas. ¿Será ese el lugar en el que también yo terminaré mis días?

El hervidor me alerta con su pitido.

Me levanto y vierto el agua caliente en la tetera. Luego me siento a revisar la pila de correo que ha ido acumulándose en la mesa de la cocina. Hay cartas de tres días, aún por abrir; así de dispersos hemos estado, demasiado enredados en nuestra crisis familiar para hacer frente a las tareas cotidianas, como planchar las camisas o pagar las facturas. No es de extrañar que Rob vaya tan arrugado últimamente. Su esposa está demasiado ocupada volviéndose tarumba para almidonarle los cuellos.

Preside el montón de correo una oferta de manicura gratis en el centro comercial del barrio, como si ahora mismo me importaran mucho mis uñas. Presa de un súbito arrebato, le doy un manotazo al montón de cartas y las lanzo todas por los aires. Un sobre aterriza a mis pies. Un sobre con matasellos de Roma. Reconozco el nombre de la remitente: Anna Maria Padrone.

Lo recojo enseguida y lo abro.

Estimada señora Ansdell:

Lamento haber tardado en contestar, pero hemos sufrido una terrible tragedia. Mi abuelo ha fallecido. Unos días después de que yo le escribiera, lo mataron durante un robo en su establecimiento. La policía está investigando, pero albergamos pocas esperanzas de que logren averiguar quién lo ha hecho. Mi familia está de luto y queremos que nos dejen tranquilos. Lo siento mucho, pero no podré responder a ninguna otra pregunta suya. Le ruego que no vuelva a llamarme ni a escribirme. Por favor, respete nuestra intimidad.

Me quedo un buen rato mirando fijamente lo que Anna Maria me ha escrito. Ansío compartir con alguien esta noticia, pero ¿con quién? Con Rob y con Val, no, que ya piensan que sufro una obsesión enfermiza con *Incendio*. Ni con la doctora Rose, que lo añadirá a su lista de razones para declararme loca.

Cojo el teléfono y llamo a Gerda.

—¡Madre mía! —murmura—. ¿Lo han asesinado?

—No lo entiendo, Gerda. No había más que baratijas en su tienda: muebles viejos y cuadros horrendos. Hay muchísimos más anticuarios en esa calle, ¿por qué iban a querer robar ahí?

—Igual les pareció un blanco fácil. Quizá hubiera objetos de valor que no viste.

—¿Libros antiguos y música? Eso era lo más valioso que tenía. No es lo que anda buscando un ladrón. —Miro la carta de Roma—. La nieta no quiere volver a saber nada de mí, así que supongo que jamás averiguaremos de dónde procede esa música.

—Aún hay un modo —dice Gerda—. Nos queda esa dirección de Venecia escrita en la contracubierta del libro de canciones gitanas. Si el compositor vivió allí, quizá podamos localizar a su familia. ¿Y si compuso otras piezas que aún no han visto la luz? ¿Y si fuéramos los primeros en grabarlas?

—¡Qué imaginación! No tenemos la certeza de que viviera allí.

—Trataré de averiguarlo. Ahora mismo estoy haciendo las maletas para Trieste. ¿Recuerdas el concierto del que te hablé? En cuanto acabe, iré a Venecia. He reservado habitación en un hotelito monísimo de Dorsoduro. —Hace una pausa—. ¿Por qué no te animas y nos vemos allí?

—¿En Venecia?

—Últimamente te noto deprimida, Julia. No te vendría mal una escapada a Italia. Podríamos resolver el misterio de *Incendio* y, de paso, disfrutar de un viaje de chicas. ¿Qué te parece? ¿Te dejará Rob libre una semana?

—Ojalá pudiera ir.

—¿Y por qué no?

«Porque me van a ingresar en un psiquiátrico y probablemente no vuelva a Italia en mi vida.»

Miro la carta y pienso en la tiendecita sombría donde encontré la música. Recuerdo las gárgolas que presidían la entrada y la aldaba en forma de Medusa. Y que me estremecí, como si ya presintiera que la muerte pronto pasaría por allí. De algún modo me llevé a casa la maldición de aquel lugar, en forma de partitura manuscrita. Aunque quemara esa música aquí y ahora, dudo que pudiera librarme de esa maldición. Jamás recuperaré a mi hija. Menos aún estando encerrada en una institución psiquiátrica.

Esta podría ser mi única oportunidad de contraatacar, de recuperar a mi familia.

Levanto la cabeza.

—¿Cuándo estarás en Venecia? —le pregunto.

—El festival de Trieste termina el domingo. Cogeré el tren a Venecia el lunes. ¿Por qué?

—He cambiado de opinión. Nos vemos allí.

15

Cuando todo el mundo cree que estás por la labor de cooperar, es muy sencillo escapar de tu vida y salir del país. Me compro el billete por Internet, en Orbitz —«¡Solo quedan dos billetes a este precio!»—, para salir a última hora de la tarde y llegar a Venecia a primera hora del día siguiente. Le pido a Val que se quede a Lily en su casa mientras me preparo para la inminente hospitalización. Escucho atentamente todo lo que Rob me dice, por disparatado que me parezca, para que no pueda acusarme de que oigo voces imaginarias mientras él me habla. Preparo tres cenas estupendas seguidas, las sirvo todas con una sonrisa y no digo ni una palabra de *Incendio* ni de Italia.

El día de mi vuelo le digo que estaré en la peluquería hasta las cinco, algo que, si lo piensas, es una excusa absurda, porque ¿para qué quiere una mujer estar guapa cuando está a punto de ingresar en un loquero? Pero a Rob le parece de lo más normal. No empezará a preocuparse por mi paradero hasta última hora de esta tarde, cuando vea que no vuelvo a casa.

Para ese momento, ya estoy sobrevolando el Atlántico, sentada en la fila veintiocho, en el asiento de en medio, entre una anciana italiana a la derecha y un hombre de negocios de aspecto distraído a la izquierda. Ninguno de los dos quiere charlar conmigo, mal asunto, porque estoy desesperada por hablar con alguien, con quien sea, hasta con ese par de desconocidos.

Necesito confesar que soy una esposa a la fuga, que estoy asustada pero también un poco emocionada. Que no tengo nada que perder porque mi marido piensa que estoy loca y mi psiquiatra quiere encerrarme. Que en mi vida había hecho algo tan disparatado e impulsivo y que, curiosamente, me siento de maravilla. Es como si la auténtica Julia se hubiera liberado y tuviera una misión que cumplir. La misión de recuperar a su hija y su vida.

Las azafatas atenúan las luces y todos los que me rodean se disponen a dormir, pero yo sigo despierta, pensando en lo que estará ocurriendo en casa. Seguramente Rob llamará a Val y a la doctora Rose, y luego a la policía. «La loca de mi mujer ha desaparecido.» No sabrá enseguida que he salido del país. Solo Gerda sabe adónde me dirijo y ella ya está en Italia.

Aunque he ido a Roma varias veces, solo he estado una vez en Venecia, cuando Rob y yo fuimos allí de vacaciones hace cuatro años, en agosto, y recuerdo la ciudad como un confuso laberinto de callejones y puentes invadidos de turistas apretados como sardinas en lata. Recuerdo el olor a sudor, a marisco, a protector solar. Y el sol abrasador.

Vuelvo a sentir ese sol abrasador cuando salgo del aeropuerto, aturdida y asombrada. Sí, esta es la Venecia que recuerdo. Solo que ahora está aún más abarrotada de gente y es mucho más cara.

Me pulo casi por completo las reservas de euros en un taxi acuático privado que me lleva al barrio de Dorsoduro, donde Gerda ha reservado habitación en un hotelito. El modesto establecimiento, escondido en un callejón tranquilo, tiene un vestíbulo oscuro con sillas tapizadas de ajado terciopelo y ese carácter local que ella encuentra delicioso pero que a mí me parece sencillamente cutre. Aunque mi amiga no se ha registrado aún, nuestra habitación está lista, y las dos camas parecen limpias y tentadoras. Estoy tan cansada que ni siquiera me molesto en ducharme;

me derrumbo directamente encima de las sábanas. En cuestión de segundos, estoy dormida.

—Julia. —Me zarandea una mano—. Eh, ¿te vas a despertar o qué?

Abro los ojos y veo a Gerda inclinada sobre mí. La veo alegre y animada, demasiado animada, me digo mientras gruño y me desperezo.

—Me parece que ya te he dejado dormir bastante. Va siendo hora de que te levantes.

—¿Cuándo has llegado?

—Hace horas. Ya he salido a dar un paseo y a comer. Son las tres.

—No he dormido nada en el avión.

—Como no te levantes ya, no pegarás ojo esta noche. Venga, que así nunca te vas a recuperar del desfase horario.

—Mientras me incorporo, oigo que vibra mi móvil en la mesilla de noche.

—Ya ha sonado como media docena de veces —me dice.

—Lo he puesto en silencio para poder dormir.

—Igual deberías mirar los mensajes. Alguien tiene mucho interés en localizarte.

Cojo el teléfono y reviso la media docena de llamadas perdidas y mensajes de texto. Rob, Rob, Rob, Val, Rob. Lo guardo en el bolso.

—Nada importante. Solo Rob para ver cómo estoy.

—¿Le ha parecido bien que vinieras a Venecia?

Me encojo de hombros.

—Lo entenderá. Si te llama, no se lo cojas. Te hará sentir mal por haberme traído aquí.

—No le has dicho que venías, ¿verdad?

—Le he dicho que tenía que alejarme un tiempo, nada más; que me iba de vacaciones con una amiga y que volvería a casa cuando me encontrase bien y descansada. —La veo mirarme ceñuda y añado—: No pasa nada. Tengo crédito de sobra en la tarjeta.

—No es tu tarjeta de crédito lo que me preocupa. Me preocupáis Rob y tú. Esto no es propio de ti, marcharte sin decirle adónde vas.

—Me has invitado tú, ¿recuerdas?

—Sí, pero no me esperaba que te subieras a un avión sin comentárselo siquiera. —Me escudriña—. ¿Quieres que hablemos?

Esquivo su mirada y me vuelvo hacia la ventana.

—No me cree, Gerda. Piensa que deliro.

—¿Te refieres a lo de la música?

—No entiende su poder. Ni entendería que haya venido hasta aquí para localizar al compositor. Este viaje le parecería una locura.

Gerda suspira.

—Entonces yo también estoy loca, porque he venido a lo mismo.

—Pues pongámonos en marcha. —Cojo el bolso y me lo cuelgo del hombro—. Vayamos a buscar la Calle del Forno.

Pronto descubrimos que hay más de una Calle del Forno en Venecia. La primera que visitamos está en el *sestiere* de Santa Croce, donde, a las cuatro de la tarde, las callejuelas están abarrotadas de turistas curioseando en las tiendecitas y los bares próximos al puente de Rialto. Aun a esta hora del día, el calor es asfixiante y yo sigo atontada por el desfase horario. No encontramos el número 11, así que entramos en una heladería, donde Gerda se sirve de su precario italiano para comunicarse como puede con la mujer de mediana edad que se encuentra al otro lado del mostrador. La señora examina la dirección escrita, menea la cabeza y llama a un adolescente delgaducho que está sentado, repanchigado, a una mesa de un rincón.

El chico se quita a regañadientes los auriculares y nos informa en nuestro idioma:

—Mi madre dice que se han equivocado de calle.

—Pero esta es la Calle del Forno, ¿no? —Gerda le entrega el papel donde llevamos anotada la dirección—. No encontramos el número 11.

—No hay número 11 en esta calle. La que buscan es la Calle del Forno de Cannaregio. Es otro *sestiere*.

—¿Está muy lejos ese barrio?

Se encoge de hombros.

—Hay que cruzar el Ponte degli Scalzi y caminar unos cinco o diez minutos.

—¿Podrías llevarnos allí?

El joven le lanza una mirada de «¿Y por qué iba a hacer algo así?» que no necesita traducción. Solo se le ilumina el rostro cuando Gerda se ofrece a pagarle veinte euros por el favor. Se levanta de mala gana y se guarda el iPod en el bolsillo.

—Las acompaño.

Nos lleva al trote por las calles repletas de turistas y vamos siguiendo su camiseta roja, que tan pronto aparece como desaparece. Hay un momento en que vuelve una esquina a toda prisa y lo perdemos de vista por completo. Luego oímos un grito de «¡Eh, señoras!» y lo vemos haciéndonos señas a lo lejos. Quiere cobrar cuanto antes y no deja de instarnos a que avancemos, nervioso con esas dos tortugas americanas que se quedan atascadas cada dos por tres en las callejuelas abarrotadas de gente.

Al otro lado del Ponte degli Scalzi, la multitud es aún mayor y nos vemos inevitablemente arrolladas por la marea de viajeros que salen de la cercana estación de trenes. Para entonces ya he renunciado a recordar el camino y solo registro lo que salta a la vista en medio de ese torbellino de color y bullicio: la chica de la cara quemada por el sol; un escaparate con lascivas máscaras de carnaval; un hombre grande como un toro vestido con camiseta de tirantes, enseñando los hombros peludos. Luego el chico se aleja del canal y la multitud empieza a mermar hasta casi desaparecer. Ya estamos solos cuando enfilamos el sombrío pasaje donde los edificios están prácticamente pegados, como si se inclinaran para aplastarnos.

—Aquí —dice el muchacho, señalando—. Este es el número 11.

Alzo la vista a la pintura desconchada y los muros combados, a una fachada repleta de grietas, que parecen arrugas en un rostro anciano. A través de las ventanas polvorientas, veo habitaciones vacías plagadas de cajas de cartón y periódicos arrugados.

—Este lugar parece abandonado hace tiempo —dice Gerda. Explora la callejuela y ve a dos ancianas que nos observan desde un portal—. Pregunta a esas señoras de quién es este edificio —le pide al chico.

—Me han prometido veinte euros por traerlas aquí.

—Vale, vale. —Le da el dinero—. Y ahora ¿podrías preguntarles eso, por favor?

El joven grita a las ancianas. Eso da pie a un bullicioso intercambio en italiano. Las mujeres salen del portal y se nos acercan. Una tiene un ojo completamente opaco, de cataratas; la otra se apoya en un bastón, que sujeta con una mano deformadísima por la artritis.

—Dicen que un americano lo compró el año pasado —nos cuenta el chico—. Quiere montar una galería de arte.

Las ancianas resoplan socarronas ante el absurdo de querer montar otra galería en Venecia cuando la propia ciudad ya es una arrebatadora obra de arte viviente.

—¿Quién vivía aquí antes de que lo comprara el americano? —pregunta Gerda.

—Dice que fue de su familia muchos años —responde el joven, señalando a la anciana del bastón—. Su padre lo compró después de la guerra.

Saco del bolso el libro de canciones gitanas. De entre sus páginas, extraigo la partitura de *Incendio* y señalo el nombre del compositor.

—¿Ha oído hablar alguna vez de esta persona, L. Todesco?

La mujer de las manos artríticas se inclina y mira fijamente el nombre. Guarda silencio un buen rato. Luego alarga la mano y acaricia suavemente la partitura a la vez que murmura algo en italiano.

—¿Qué dice? —le pregunto al chico.

—Que se marcharon y nunca más volvieron.

—¿Quiénes?

—Los que vivían en este edificio. Antes de la guerra.

Los dedos nudosos de la anciana me agarran de pronto el brazo y tiran de mí, instándome a seguirla. La mujer nos lleva por la callejuela, haciendo resonar el bastón en la acera. Pese a su edad y sus achaques, vuelve la esquina con determinación hacia una calle más concurrida. Veo que el chico se ha ido y nos ha dejado solas, así que no podemos preguntarle a la mujer adónde vamos. A lo mejor ha malentendido nuestra pregunta y terminamos en la tienda de baratijas de su familia. Nos lleva por un puente, cruzamos una plaza y después nos señala un muro con su dedo deformado.

Grabada en unos paneles de madera hay una lista sin pausas de nombres y números: ... Gilmo Perlmutter 45 Bruno Perlmutter 9 Lina Prani Corinaldi 71...

—*Qui* —dice la mujer en voz baja—. Lorenzo.

Gerda lo ve primero.

—¡Ay, Dios mío, Julia! —exclama—. ¡Ahí está! —añade, señalando el nombre, grabado entre los otros: Lorenzo Todesco 24.

La anciana me mira con cara de angustia y susurra:

—*L'ultimo treno.*

—Julia, esto es una especie de placa conmemorativa —dice Gerda—. Si lo he entendido bien, explica lo que ocurrió aquí, en esta plaza.

Aunque las palabras están en italiano, hasta yo entiendo su significado. *Ebraica. Deportati. Fascisti dai nazisti.* Doscientos cuarenta y seis judíos italianos deportados de esa ciudad. Entre ellos, un joven llamado Lorenzo Todesco.

Echo un vistazo a la plaza y veo las palabras *Ghetto Nuovo.* Ya sé dónde estamos: en el barrio judío. Cruzo la plaza hasta un edificio diferente, donde hay placas de bronce que muestran escenas de deportación y campos de concentración, y me fijo en una imagen de un tren que vacía su cargamento de seres humanos condenados. *L'ultimo treno,* nos ha dicho la anciana. El último tren, que se llevó a la familia que vivía en el número 11 de la Calle del Forno.

Me estalla la cabeza del calor y empiezo a marearme.

—Necesito sentarme —le digo a mi amiga.

Me acerco a la sombra de un árbol enorme y me dejo caer en un banco público. Allí sentada, me masajeo el cuero cabelludo y pienso en Lorenzo Todesco, de solo veinticuatro años. Tan joven. Su hogar en ese edificio ahora en ruinas se encuentra a apenas un centenar de pasos de donde estoy sentada. Quizá alguna vez descansara bajo este mismo árbol, pisara este mismo adoquinado. Puede que yo esté ahora en el mismo sitio en el que se le ocurrió la melodía de *Incendio,* al contemplar su crudo futuro.

—El Museo Judío está ahí mismo —dice Gerda, señalando un edificio próximo—. A lo mejor hay alguien que hable nuestro idioma. Voy a preguntar si saben algo de la familia Todesco.

Mientras Gerda entra en el museo, me quedo en el banco; me zumba la cabeza como si un millón de abejas me plagara el cerebro. Pasan los turistas por delante de mí, pero yo solo oigo a las abejas, que ahogan las voces y los pasos. No puedo dejar de pensar en Lorenzo, nueve años más joven que yo ahora. Pienso en dónde estaba yo hace nueve años. Recién casada, con toda la vida por delante. Tenía una casa cómoda, una profesión que me encantaba y ningún nubarrón oscuro en el horizonte. En cambio a Lorenzo, un judío en un mundo que se había vuelto loco, los nubarrones se le echaban encima a toda velocidad.

—¿Julia? —Gerda ha vuelto. A su lado hay una joven guapa de pelo oscuro—. Esta es Francesca, una de las conservadoras del Museo Judío. Le he contado a qué hemos venido. Le gustaría ver *Incendio*.

Saco la partitura del bolso y se la enseño a la joven, que frunce el ceño al leer el nombre del compositor.

—¿La compró en Roma? —me pregunta.

—La encontré en una tienda de antigüedades. Pagué cien euros por ella —añado tímidamente.

—El papel parece antiguo, desde luego —concede Francesca—, pero dudo que este compositor sea de la misma familia Todesco que vivió aquí, en Cannaregio.

—¿Entonces ha oído hablar de la familia Todesco?

Asiente con la cabeza.

—En nuestros archivos hay expedientes de todos los deportados judíos. Bruno Todesco era un célebre lutier de Venecia. Creo recordar que tenía dos hijos y una hija. Tendré que revisar la documentación, pero puede que vivieran en la Calle del Forno.

—¿No podría ser este compositor, L. Todesco, uno de sus hijos? Ese vals estaba metido en un antiguo volumen de música en cuya contracubierta estaba escrita la dirección de Calle del Forno.

Francesca niega con la cabeza.

—Los fascistas quemaron todos los libros y documentos de la familia. No sobrevivió nada, que nosotros sepamos. Si los Todesco lograron salvar algo de la quema, tuvo que perderse en el campo de concentración adonde los llevaron. Así que esta composición... —dice Francesca sosteniendo en alto *Incendio*— no debería siquiera existir.

—Pero existe —digo yo—. Y pagué cien euros por ella.

Aún escudriña la música. La sostiene al sol y estudia las anotaciones hechas a lápiz en el pentagrama.

—Ese anticuario de Roma ¿le dijo de dónde había sacado la música?

—De los enseres de un tipo apellidado Capobianco.

—¿Capobianco?

—Eso me dijo la nieta del anticuario en una carta. —Vuelvo a hurgar en el bolso, saco las cartas de Anna Maria Padrone y se las paso a Francesca—. El señor Capobianco vivía en la localidad de Casperia. Creo que no está lejos de Roma.

Lee la primera carta, luego desdobla la segunda. De pronto la oigo hacer un aspaviento y, cuando levanta la vista, su mirada ha cambiado. Ha prendido en sus ojos la chispa del interés, se ha encendido un fuego.

—¿A este anticuario lo asesinaron?

—Hace solo unas semanas. Hubo un robo en su tienda.

Vuelve a centrarse en *Incendio*. Ahora lo sostiene con cautela, como si el papel se hubiera transformado en algo peligroso, algo demasiado abrasador para sostenerlo con las manos desnudas.

—¿Me prestarían esta partitura un rato? Quiero que mi equipo la examine. Y las cartas también.

—¿Su equipo?

—Nuestros documentalistas. Le garantizo que serán sumamente cuidadosos. Si esta música es tan antigua como parece, no debería seguir tocándola ninguna mano humana. Díganme en qué hotel se alojan y las llamaré mañana por la mañana.

—Tenemos copias de la pieza en casa —me dice Gerda—. Se la podemos prestar para que la estudien con detenimiento.

Miro *Incendio* y pienso en las desgracias que esa partitura ha traído a mi vida, en que ha destrozado mi familia y envenenado el amor que siento por mi hija.

—Llévesela —le digo—. No quiero volver a ver esa condenada música.

Debería sentirme aliviada de que *Incendio* ya no sea una carga para mí, de que ahora se encuentre en manos de personas que sabrán lo que hacer con ella; sin embargo, me paso la noche en vela, preocupada por todas las preguntas que han quedado sin respuesta. Mientras Gerda duerme profundamente en la cama de al lado, yo contemplo la oscuridad y me pregunto si Francesca logrará averiguar el origen de la pieza como ha prometido o la partitura se convertirá en un documento más almacenado en la cámara de seguridad del museo hasta que otro experto decida estudiarlo.

Renuncio del todo a dormir, me visto y salgo con sigilo de la habitación.

En recepción, la empleada del turno de noche levanta la vista de la novela de bolsillo que está leyendo y me saluda amablemente con la cabeza. Las risas y el griterío de las calles se filtran al vestíbulo; a la una de la madrugada, los trasnochadores aún andan por Venecia.

Pero pasear por la ciudad no es lo que tengo en mente esta noche. En su lugar, me acerco a la mujer de recepción y le pregunto:

—¿Podría ayudarme? Necesito hablar con unas personas de otra ciudad, pero no sé su número de teléfono. ¿Tienen alguna guía telefónica donde pueda buscarlo?

—Por supuesto. ¿Dónde viven esas personas?

—En una población llamada Casperia. Creo que está cerca de Roma. Su apellido es Capobianco.

La empleada se vuelve hacia su ordenador y busca en lo que supongo es el directorio telefónico de Italia.

—Aparecen dos personas con ese apellido: Filippo Capobianco y Davide Capobianco. ¿Cuál quiere?

—No lo sé.

Me mira perpleja.

—¿No sabe el nombre de pila?

—Solo sé que la familia vive en Casperia.

—Entonces le anoto los dos números.

Lo escribe en un pedazo de papel y me lo da.

—¿No podría...?

—¿Sí…?

—A lo mejor no hablan mi idioma, así que no sé si me entenderé con ellos. ¿Podría llamarlos por mí?

—Pero es la una de la madrugada, señora.

—No, esta noche, no, mañana. Si la llamada tiene algún coste, yo se la abonaré. ¿Sería tan amable de transmitirles un mensaje?

La mujer toma otra hoja de papel.

—¿Cuál es el mensaje?

—Dígales que me llamo Julia Ansdell y que busco a la familia de Giovanni Capobianco, por una pieza musical que fue de su propiedad, una pieza compuesta por un tal Lorenzo Todesco.

Anota el mensaje y me mira.

—¿Quiere que llame a los dos números?

—Sí. Necesito asegurarme de que doy con la familia correcta.

—¿Y si desean hablar con usted? ¿Cuánto tiempo se alojará en el hotel, para que pueda hacerle llegar la respuesta?

—Estaré aquí dos días más. —Le pido el bolígrafo y anoto mi móvil y mi dirección de correo electrónico—. Después de eso, me pueden localizar en Estados Unidos.

La recepcionista pega con celo la nota al mostrador, junto al teléfono.

—Llamaré por la mañana, antes de marcharme.

Sé que es una petición extraña y me pregunto si realmente lo hará. No tengo ocasión de preguntarle porque, cuando paso por recepción a la mañana siguiente, hay otra mujer distinta y la nota ya no está pegada junto al teléfono. Nadie ha dejado ningún mensaje para mí. Salvo Rob, que me ha estado llamando al móvil.

Estoy de pie en el vestíbulo, revisando los últimos mensajes de texto, que me envió a medianoche, a las dos de la mañana y a las cinco, hora de Boston. Pobre Rob, no está pegando ojo y es culpa mía. Pienso en la noche que me puse de parto y en Rob sentado a mi lado todo el tiempo, cogiéndome la mano, poniéndome compresas frías en la frente. Recuerdo sus ojos irritados y su barba sin afeitar, y me lo imagino así ahora. Le debo una explicación de algún tipo, así que le mando un mensaje breve: «No te preocupes, por favor. Necesito hacer esto, y luego volveré a casa». Pulso Enviar e imagino su cara de alivio al ver mis palabras en la pantalla. ¿O será de irritación? ¿Sigo siendo la mujer a la que ama o solo un engorro en su vida?

—Ah, estás aquí, Julia —dice Gerda, que acaba de salir del salón de desayunos. Ve que llevo el móvil en la mano—. ¿Has hablado con Rob?

—Le he mandado un mensaje.

—Bien. —Parece aliviada y, tras un suspiro, repite—: Bien.

—¿Has sabido algo de Francesca? ¿De la partitura?

—Es demasiado pronto. Dale tiempo. Entretanto, creo que deberíamos pasear un poco por esta hermosa ciudad. ¿Qué te apetece ver?

—Me gustaría ir a Cannaregio. Al Ghetto Nuovo.

Gerda titubea; es evidente que no le interesa volver al barrio judío.

—¿Por qué no vamos primero a San Marco? —propone—. Quiero hacer unas compras y beberme unos Bellinis. ¡Estamos en Venecia! Hagamos turismo.

Y así es como pasamos casi todo el día. Vamos de tiendas por San Marco, nos unimos a las hordas que visitan el Palacio Ducal y, en el concurrido puente de Rialto, compramos unas gangas que yo, en realidad, no quiero.

Cuando por fin cruzamos la pasarela que conduce a Cannaregio, empieza a hacerse de noche y yo estoy harta de abrirme paso entre la muchedumbre. Huimos a la relativa tranquilidad del barrio judío, donde las calles estrechas ya están en sombra. Me alivia tanto haber dejado atrás las multitudes que, al principio, ni siquiera me preocupa el silencio del barrio.

Pero, en mitad de una callejuela, de pronto me detengo y miro a nuestra espalda. No veo a nadie, solo un pasaje sombrío y la ropa tendida en un balcón. No es nada alarmante, pero se me pone la carne de gallina y mis sentidos entran de inmediato en alerta máxima.

—¿Qué pasa? —me pregunta Gerda.

—Me ha parecido que nos seguían.

—Yo no veo a nadie.

No puedo dejar de explorar la callejuela en busca del más mínimo movimiento. No veo más que ropa tendida en los balcones: tres camisas descoloridas y una toalla.

—No hay nadie. Venga —dice, y sigue caminando.

No me queda otro remedio que seguirla porque no quiero quedarme sola en una calle tan estrecha. Volvemos al Ghetto Nuovo, donde una vez más me siento atraída por la placa con los nombres de los judíos deportados. Allí está: Lorenzo Todesco. Aunque Francesca no tenga claro que fuera el compositor, yo estoy convencida de que *Incendio* es suya. Ver su nombre allí grabado es como encontrarme cara a cara con alguien a quien hace mucho que conozco pero solo ahora pongo cara.

—Es tarde —dice Gerda—. ¿Volvemos al hotel?

—Aún no.

Cruzo la plaza en dirección al Museo Judío, que ya está cerrado. Por la ventana, veo a un hombre dentro, recolocando una pila de folletos. Toco en el cristal con los nudillos y él niega con la cabeza y se señala el reloj. Cuando vuelvo a llamar, abre la puerta y me lanza una mirada ceñuda de «váyase».

—¿Está Francesca ahí dentro? —pregunto.

—Se ha marchado por la tarde. A ver a un periodista.

—¿Vendrá mañana?

—No lo sé. Vuelva entonces.

Dicho esto, cierra la puerta y lo oigo echar furioso el cerrojo.

Esa noche Gerda y yo cenamos en un restaurante mediocre que elegimos al azar, uno de los innumerables establecimientos trampa de pizza y pasta de la Piazza San Marco pensados para turistas que jamás van a volver. Todas las mesas están ocupadas, así que nos sentamos codo con codo con una familia de estadounidenses pueblerinos achicharrados por el sol que se ríen demasiado alto y beben más de la cuenta. No tengo apetito y me como sin gana los insulsos espaguetis boloñesa extendidos como una maraña sanguinolenta por todo el plato.

Mi amiga está animadísima y se sirve más *chianti* de la frasca.

—Yo diría que hemos cumplido nuestra misión, Julia. Hemos venido, hemos preguntado y nos han respondido. Ahora ya sabemos quién era nuestro compositor.

—Francesca no parecía muy convencida.

—El nombre encaja, la dirección encaja. Tiene que ser de Lorenzo Todesco. Por lo visto, toda la familia murió, así que no habrá problema en que grabemos la pieza. Cuando estemos de vuelta en casa, prepararemos un arreglo para cuarteto. Seguro que a Stephanie se le ocurre alguna melodía bonita para el chelo.

—No sé, Gerda. No me parece bien grabar ese vals.

—¿Qué tiene de malo?

—Es como si nos aprovechásemos del autor. Como si sacáramos partido a su tragedia. Esa música esconde una historia tan atroz que igual hasta nos trae mala suerte.

—Julia, no es más que un vals.

—Además, al tipo que me vendió la partitura lo han asesinado. Es como si esa pieza ejerciese una influencia nefasta en todo el que la toca o la oye. Incluida mi hija.

Gerda enmudece un instante. Bebe un sorbo de vino y deja la copa en la mesa.

—Julia, sé que estas últimas semanas han sido muy difíciles para ti: los problemas con Lily, tu caída por las escaleras… Pero no creo que eso tenga nada que ver con *Incendio*. Sí, la música es perturbadora. Es compleja y poderosa, y viene acompañada de una tragedia. Pero no son más que notas en un pentagrama, y hay que hacer que esas notas se oigan. Así es como honraremos a Lorenzo Todesco, compartiendo su música con el mundo. Le concederemos la inmortalidad que merece.

—¿Y qué me dices de mi hija?

—¿Qué pasa con Lily?

—La música la ha cambiado. Lo tengo claro.

—Quizá solo te lo parece. Cuando algo va mal, es normal buscar una explicación, pero a lo mejor no la hay. —Alarga la mano por encima de la mesa y coge la mía—. Vuelve a casa, Julia. Habla con Rob. Debéis arreglar esto juntos.

La miro a los ojos, pero me esquiva la mirada. ¿Qué ha cambiado entre nosotras? Si hasta Gerda se vuelve contra mí, no queda nadie que esté de mi parte.

Nos vamos del restaurante en silencio y cruzamos el puente de la Academia, de vuelta al barrio de Dorsoduro. Pese a lo tarde que es, las calles son un hervidero de gente y de actividad. Hace una noche estupenda y hay jóvenes modernos por todas partes: chicos bulliciosos con las camisas por fuera del pantalón, chicas despreocupadas con pantalones cortos y camisetas sin mangas ni espalda, coqueteando, riendo, bebiendo. Mi amiga y yo, en cambio, no nos decimos ni una palabra mientras nos alejamos de la algarabía y enfilamos una callejuela mucho más tranquila rumbo al hotel.

A estas alturas, seguro que Rob ya sabe que estoy en Venecia. Si ha consultado nuestras cuentas *online,* habrá visto que he sacado dinero de un cajero de aquí y que he usado mi tarjeta de crédito en un restaurante de San Marco. No se le puede ocultar algo así a un contable; se le da bien rastrear el dinero. Me siento culpable por no haberle devuelto ninguna de las llamadas, pero temo hablar con él. Me aterra que pueda decirme que ya no aguanta más. ¿Lo habré perdido después de diez años de casados, de feliz matrimonio?

Al final de la callejuela se divisa el rótulo luminoso de nuestro hotel. Según nos acercamos, yo sigo pensando en Rob, en qué le diré y en cómo sobreviviremos a esto, y no me fijo en el hombre que está junto a la puerta. Entonces una silueta, la de un tipo ancho de espaldas y sin rostro, emerge de las sombras y se planta delante de nosotras, cortándonos el paso.

—¿Julia Ansdell? —pregunta con voz grave y acento italiano.

—¿Quién es usted? —dice Gerda.

—Busco a la señora Ansdell.

—Pues esa no es la forma de hacerlo —le espeta—. ¿Qué quiere, asustarla?

Al verlo avanzar hacia nosotras, retrocedo hasta chocar con la pared.

—¡Basta, la está acobardando! —exclama mi amiga—. ¡Eso no es lo que le ha pedido su marido!

«Su marido.» Con esas dos palabras, todo queda meridianamente claro. La miro.

—Rob y tú...

—Julia, cielo, me ha llamado esta mañana, mientras dormías. Me lo ha contado todo. Lo de tu brote, la psiquiatra... Solo quieren que vuelvas a casa para hospitalizarte. Me ha prometido que no te iba a disgustar, y ahora va y manda a este gilipollas. —Se interpone entre el hombre y yo y lo aparta de mí de un empujón—. Lárgate, ¿me has oído? Si su marido quiere que vuelva a casa, tendrá que venir él mismo a...

El disparo me deja petrificada. Gerda se derrumba sobre mí e intento sujetarla, pero cae al suelo. Noto que su sangre, caliente y húmeda, me corre por los brazos.

Entonces se abre de golpe la puerta del hotel y oigo a dos hombres que salen del edificio riendo. El matón se vuelve hacia ellos, distraído por un instante.

Aprovecho para salir corriendo.

Esprinto instintivamente hacia las luces, hacia el refugio de la muchedumbre. Oigo otro disparo, noto que la bala me pasa silbando junto a la mejilla. Vuelvo la esquina a toda velocidad y veo un café y a gente cenando en la terraza. Mientras corro hacia ellos, intento pedir ayuda a gritos, pero el pánico me ha dejado sin voz y no se me oye. Estoy segura de que el hombre me pisa los talones, así que sigo corriendo. La gente me mira cuando paso por su lado. Más ojos, más testigos, pero ¿quién se va a interponer entre una bala y yo?

El puente de la Academia es la forma más directa de salir de Dorsoduro. Una vez lo haya cruzado, podré unirme al gentío aún mayor de San Marco, perderme entre esas masas de gente en perenne celebración. Además, recuerdo haber visto una comisaría por allí.

Tengo el puente justo delante. Mi pasaje a la salvación.

A unos pasos de cruzarlo, una mano me agarra y me detiene en seco. Me vuelvo bruscamente, dispuesta a arañar a mi atacante, preparada para luchar por mi vida, pero el rostro que veo es el de una mujer joven. Es Francesca, del Museo Judío.

—Señora Ansdell, íbamos a verla ahora mismo. —Se interrumpe, preocupada, al verme la cara de pánico—. ¿Qué pasa? ¿Por qué corre?

Miro hacia atrás y exploro las caras, histérica.

—¡Hay un hombre… que quiere matarme!

—¿Qué?

—Me estaba esperando a la puerta del hotel. Gerda… mi amiga Gerda… —Se me quiebra la voz en un sollozo—. Creo que ha muerto.

Francesca se vuelve y le habla en italiano a un joven barbudo que va con ella. La mochila y las gafas de pasta le dan cierto aire de empollón universitario. El joven asiente con la cabeza, preocupado, y sale corriendo hacia mi hotel.

—Mi colega Salvatore va a ver qué le ha ocurrido a su amiga —dice—. Rápido, venga conmigo. Hay que llevarla a un lugar seguro.

Lorenzo

16

Diciembre de 1943

Cuando no ves adónde vas, cuando no sabes cuál es tu destino, cada hora se hace eterna.

Había caído la noche y, con todos los estores bajados, Lorenzo ya no sabía en qué dirección avanzaba el tren. Imaginaba campos y granjas al otro lado de la ventanilla, pueblecitos en cuyas casas brillaba la luz y las familias se sentaban a la mesa para cenar. ¿Oirían el leve traqueteo del tren al pasar? ¿Se detendrían, con los tenedores a medio camino de la boca, para preguntarse por los que iban a bordo? ¿O seguirían con su cena porque lo que sucediera más allá de sus cuatro paredes no los preocupaba y, además, qué iban a hacer ellos de todas formas? El tren, como todos los que lo habían precedido, seguiría su camino, de modo que ellos partirían el pan, beberían vino y continuarían con sus vidas. «Mientras nosotros pasamos de largo como fantasmas en la noche.»

Tenía el brazo entumecido, pero no quería moverlo porque Pia se había dormido con la cabeza apoyada en su hombro. Su hermana llevaba días sin bañarse y tenía el pelo apelmazado y grasiento. Qué orgullosa estaba de su pelo, cómo le gustaba echárselo hacia atrás, por encima de los hombros, siempre que pasaba por su lado un chico guapo. ¿La miraría alguno ahora que lo llevaba grasiento y deslustrado, y tenía la cara flaca y pálida? Sus largas pestañas proyectaban bajo sus ojos sombras que parecían moretones. La imaginó trabajando duramente en el campo de internamiento, temblando de frío, adelgazando y debilitándose aún más. Le besó la coronilla y, en lugar de a su perfume de agua de rosas, le olió a sudor y a suciedad. Qué rápido se reducen los seres humanos a la miseria, pensó. Tan solo unos días sin comida, ni cama, ni baños, y la llama se apaga en todos, incluso en Marco, que en esos momentos estaba hundido en el asiento, desesperado.

De pronto el tren dio un bandazo y se detuvo en seco. A través de los estores bajados, Lorenzo vislumbró el frío resplandor de las luces de un andén.

Pia se despertó sobresaltada y lo miró con ojos soñolientos.

—¿Ya hemos llegado? ¿Estamos en Fossoli?

—No lo sé, bonita.

—Tengo mucha hambre. ¿Por qué no nos dan de comer? No está bien que nos tengan en ayunas tanto tiempo.

Las puertas del tren se abrieron con un chirrido y se oyeron unos gritos: *Alle runter! Alle runter!*

—¿Qué dicen? —chilló asustada—. ¡No entiendo lo que quieren que hagamos!

—Nos están ordenando que bajemos del tren —dijo Marco.

—Pues habrá que hacer lo que dicen. —Lorenzo cogió el violín y le dijo a Pia—: No te apartes de mí, pequeña. Dame la mano.

—¿Mamá? —gritó Pia aterrada—. ¿Papá?

—Todo irá bien, estoy seguro —dijo Bruno—. No llaméis la atención, no miréis a nadie. Hay que pasar por esto, nada más —añadió, esbozando una leve sonrisa—. Y no os separéis. Eso es lo más importante. Siempre juntos.

Cogida de la mano de Lorenzo, Pia agachó la cabeza mientras bajaban del tren detrás de su padre, su madre y Marco. Fuera hacía tanto frío que su aliento formaba vaho y espirales en el aire. Unos focos iluminaban el andén, intensos como la luz del día, y los detenidos entrecerraban los ojos, deslumbrados, mientras se apiñaban para no pasar frío. Estrujados por todas partes, empujados por la multitud, Lorenzo y su hermana eran como dos nadadores perdidos en un mar de almas aterradas. A su espalda, un bebé lloraba tan fuerte que no le dejaba oír las órdenes que bramaban al fondo del andén. Solo cuando uno de los guardias se adelantó y empezó a apartar a la gente a golpes entendieron que debían formar filas para la inspección. Aferrada a su mano por miedo a que los separaran, Pia temblaba a su lado igual que él. Miró de reojo a Marco, que estaba a su derecha, pero su hermano tenía la vista al frente, la barbilla bien alta y los hombros muy rectos, como desafiando a los guardias.

Cuando los soldados se acercaban, repasando la fila de prisioneros, Lorenzo, que tenía los ojos clavados en el suelo, vio que un par de botas relucientes se detenían delante de él.

—Tú —le dijo una voz.

Lorenzo alzó despacio la vista y se topó con un oficial de las SS que lo miraba fijamente. El oficial le hizo una pregunta en alemán. Lorenzo no lo entendió y negó con la cabeza, desconcertado. El oficial señaló el violín que el joven llevaba consigo y repitió la pregunta.

Un guardia italiano se acercó para traducir.

—Quiere saber si el instrumento es tuyo.

Aterrado de pensar que fueran a confiscarle la Dianora, Lorenzo agarró con fuerza el estuche.

—Sí, es mío.

—¿Tocas el violín?

El joven tragó saliva.

—Sí.

—¿Qué clase de música tocas?

—Lo que sea. Lo que me pongan delante.

El guardia italiano miró al oficial alemán, que asintió con la cabeza.

—Te vienes con nosotros —le dijo el italiano.

—¿Mi familia también?

—No. Solo tú.

—Pero debo quedarme con ellos.

—Ellos no nos sirven.

Hizo una seña a dos soldados, que se acercaron y se llevaron a Lorenzo de ambos brazos.

—No. ¡No!

—¡Lorenzo! —gritó Pia cuando lo separaron de ella—. ¡No se lo lleven! ¡Por favor, no se lo lleven!

Él se retorció para mirar a su hermana por última vez. La vio intentando zafarse de Marco, que la retenía. Vio a su madre y a su padre aferrados el uno al otro, desesperados. Luego lo obligaron a bajar unos peldaños de hormigón y lo sacaron del andén. Cegado aún por el resplandor de los focos, no veía adónde iba, pero oía a Pia llamarlo a voces.

—Mi familia… ¡Por favor, dejen que me quede con mi familia! —suplicó.

—No querrás ir adonde van ellos —afirmó con sorna uno de los soldados.

—¿Adónde van?

—Digamos que tú has tenido suerte, imbécil.

Los gritos de Pia fueron extinguiéndose a su espalda mientras Lorenzo avanzaba por un camino lleno de baches. Lejos de los focos, podía ya distinguir los muros altos que tenía delante. Recortadas sobre el cielo nocturno, se alzaban imponentes unas torres, como gigantes de piedra, y notó que los guardias bajaban la mirada al pasar la verja. Cruzaron el patio hasta un edificio bajo y uno de los escoltas llamó con fuerza a la puerta tres veces.

Desde el interior, una voz les ordenó que entraran.

Empujado por la espalda, Lorenzo pasó el umbral de un traspié y casi se le cayó la Dianora. Agazapado en el suelo, olió a cigarrillos y a leña quemada. Después oyó que la puerta se cerraba.

—¡Imbéciles! —bramó una voz en italiano. El insulto no iba dirigido a Lorenzo sino a los dos soldados—. ¿No veis que lleva un violín? ¡Os haré despellejar como haya sufrido algún daño!

Lorenzo se levantó despacio, pero estaba demasiado asustado para poner la vista en el hombre que había hablado. Miró a todas partes menos a él y vio suelos de madera desgastados, una mesa con sillas, un cenicero lleno de colillas... Una sola lámpara ardía en el escritorio, donde había cuatro pilas de documentos perfectamente ordenadas.

—¿Qué tenemos aquí? Mírame.

Por fin Lorenzo miró al hombre y ya no pudo mirar a ningún otro lado. Vio unos luminosos ojos azules que contrastaban fuertemente con un pelo negro como el carbón. Aquellos ojos lo miraban con tal intensidad que se sentía clavado al suelo. El hombre irradiaba poder en todos los sentidos y, en el uniforme, llevaba su espeluznante insignia de autoridad. Era un oficial italiano de las SS. Un coronel.

—Este joven asegura que es músico —dijo uno de los soldados.

—¿Y el violín? —preguntó el coronel, mirando el estuche del instrumento—. ¿Se encuentra en buen estado? —Miró de nuevo a Lorenzo—. ¿Sí o no?

Lorenzo inspiró entrecortadamente.

—Sí. Señor.

—Abre el estuche —dijo el coronel, señalando la mesa—. Veámoslo.

Lorenzo apoyó el estuche en la mesa. Con las manos heladas y temblorosas, abrió los cierres y levantó la tapa. En el interior, resplandecía la Dianora como ámbar bruñido, una joya alojada en un lecho de terciopelo negro.

El coronel profirió un murmullo de admiración.

—¿Y cómo ha llegado a ti este instrumento?

—Era de mi abuelo. Y él lo heredó del suyo.

—¿Y dices que eres músico?

—Sí.

—Demuéstralo. Deja que te oiga tocar.

Lorenzo tenía las manos agarrotadas del frío y del miedo. Apretó los puños para que la sangre caliente le llegase a los dedos antes de sacar la Dianora de su lecho de terciopelo. Pese al largo viaje y al frío del andén, no se había desafinado.

—¿Qué desea que toque, señor?

—Lo que sea. Demuéstrame que sabes tocar.

El joven titubeó. ¿Qué podía tocar? La indecisión lo paralizó. Estremecido, posó el arco en las cuerdas y lo mantuvo allí, ansiando que sus manos dejaran de temblar. Pasaban los segundos. El coronel esperaba. Cuando el arco por fin empezó a moverse, fue casi por voluntad propia, como si el instrumento no pudiese esperar a que eligiera una pieza. Unas cuantas notas débiles, algunos toques indecisos del arco y, de pronto, la melodía estalló y se transformó en una canción a plena voz. Inundó todos los rincones oscuros de aquella estancia. Hizo que el aire vibrara y el humo de los cigarrillos danzara en las sombras. No necesitaba partitura para tocar esa pieza: la llevaba grabada a fuego en la memoria y en el corazón.

Era la misma que Laura y él habían interpretado en Ca' Foscari, el dueto que siempre le recordaría los momentos más felices de su vida. Mientras tocaba, sintió que su espíritu lo acompañaba; recordó el vestido de satén negro que ella llevaba esa noche y la curvatura de sus hombros al abrazar el chelo, cómo se le deslizaba la melena y revelaba un delicioso pedazo de su nuca. Tocó como si la tuviera sentada a su lado. Cerró los ojos y, de repente, todo se desvaneció salvo ella. Olvidó dónde estaba. Olvidó el cansancio, el hambre, el miedo. Laura era su fuerza, el elixir que insuflaba vida a sus manos agarrotadas, y con cada nota que interpretaba era como si su corazón la llamara, a través del tiempo, a través de los desolados kilómetros que los separaban. Su cuerpo se meció al ritmo de la música, el sudor le empañó la frente. Aquel cuarto que le había parecido tan frío de pronto era como un horno y Lorenzo ardía en él, consumido por el fuego que brotaba de las cuerdas. «¿Lo oyes, mi amor? ¿Oyes cómo te canto?»

El arco hizo vibrar la última nota. Cuando esta se extinguió, el frío de aquella estancia volvió a calarle los huesos. Agotado, bajó el arco y permaneció allí de pie, con la cabeza gacha y los hombros descolgados.

Durante un buen rato, nadie dijo nada.

Luego habló el coronel:

—Esta pieza me resulta familiar. ¿Quién la compuso?

—Yo —murmuró Lorenzo.

—¿De verdad? ¿Tú has compuesto esta música?

Lorenzo asintió con cautela.

—Es un dueto para violín y chelo.

—Así que sabes componer para conjuntos.

—Cuando me llega la inspiración.

—Ya veo, ya veo. —El coronel se paseaba en círculos a su alrededor, como si quisiera inspeccionarlo desde todos los ángulos. Luego se volvió bruscamente hacia los dos soldados—. Dejadnos solos.

—¿Esperamos fuera, señor? No se sabe lo que podría…

—¿Qué pasa, creéis que no puedo defenderme de un patético prisionero? Sí, esperad fuera si queréis. Pero marchaos. —El oficial esperó, con el rostro pétreo y en silencio, a que los hombres salieran de la habitación. Solo cuando la puerta se cerró, volvió a mirar a Lorenzo—. Siéntate —le ordenó.

Lorenzo guardó el violín en su estuche y se dejó caer en una silla, tan debilitado por su interpretación que las piernas no lo habrían aguantado mucho más.

El coronel cogió la Dianora y la sostuvo a la luz de la lámpara, admirando su cálida pátina.

—En manos de alguien menos habilidoso, este instrumento se desaprovecharía. Pero, en las tuyas, cobra vida.

Se acercó el violín al oído y golpeó suavemente el dorso para saborear la extraordinaria resonancia de la madera. Al devolver la Dianora al estuche, vio la colección de música gitana escondida en la tapa. Sacó el libro y lo hojeó ceñudo.

Al joven se le hizo un nudo en el estómago. Si aquel libro hubiera sido una colección de obras de algún célebre compositor, como Mozart, o Bach, o Schubert, no habría sentido aprensión, pero aquellas eran canciones de Roma, la música de los intocables. Lo vio guardar de nuevo las partituras en la funda.

—Procede de la biblioteca de mi abuelo —le explicó rápidamente Lorenzo—. Es profesor de música en Ca' Foscari. Su trabajo consiste en reunir todo tipo de...

—En cuestiones musicales, prefiero no emitir juicios —dijo el coronel con un gesto de absolución—. No soy como esos Camisas Negras que queman libros y destruyen instrumentos. No, yo aprecio la música, toda la música. Aun en medio de este turbio asunto, no debemos perder el aprecio por el arte, ¿no te parece? —Con los labios fruncidos, escudriñó un instante a Lorenzo. Luego se acercó al aparador y regresó con los exiguos restos de su cena, que depositó delante del joven músico—. Un artista necesita combustible para poder crear. Come —lo instó.

Lorenzo miró fijamente la corteza de pan y la salsa cuajada cubierta por una capa de grasa blanca. No quedaba carne, solo unos trozos de zanahoria y cebolla, pero, para un muerto de hambre, aquello era un festín. Pese a eso, no lo tocó. Recordó el rostro flaco de su hermana. Pensó en su madre, débil e inestable por el hambre.

—Mi familia no ha comido en todo el día —dijo—. Ninguno de los que íbamos en el tren hemos comido. ¿No podría llevarles...?

—¿Lo quieres o no? —espetó el coronel—. Porque, si no lo quieres, se lo daré a los perros.

El joven cogió el pan y aguardó un instante, atormentado por el sentimiento de culpa pero demasiado hambriento para resistirse. Entonces lo untó en la salsa, llevándose con él una tira de grasa viscosa, se lo metió en la boca y suspiró ante el estallido de sabores que le produjo en la lengua: la suave grasa de la ternera, el dulzor de las zanahorias, el amargor de la levadura en la corteza tostada del pan... Arrastró el trozo que quedaba por la salsa. Cuando se quedó sin pan, se sirvió de los dedos para limpiar hasta el último rastro de grasa y terminó lamiendo el plato.

El coronel, sentado en su silla, enfrente de él, mientras se fumaba un cigarrillo, lo observaba con una mezcla de solaz y aburrimiento.

—Me lo llevo antes de que empieces a mordisquear la loza —dijo, y volvió a dejar el plato en el aparador—. Puedo conseguirte más.

—Por favor. Mi familia también tiene hambre.

—Eso no lo puedes evitar.

—Pero usted sí. —Lorenzo se atrevió a mirar al hombre a los ojos—. Mi hermana solo tiene catorce años. Se llama Pia y no ha hecho nada malo. Es un alma cándida, un alma buena, y merece vivir. Y mi madre... no se encuentra bien, pero trabajará duro. Todos lo harán.

—No puedo hacer nada al respecto. Te aconsejo que dejes de pensar en ellos.

—¿Que deje de pensar en ellos? Son mi familia, y uno no puede...

—No solo puedes, sino que debes si quieres sobrevivir. Dime: ¿eres un superviviente?

Lorenzo miró aquellos ojos de un azul casi transparente y, en ese mismo instante, supo que aquel tipo sin duda lo era. Si lo arrojaban al mar o lo lanzaban a una turba furiosa, encontraría el modo de salir ileso. Ahora el coronel lo retaba a que hiciera lo mismo, a que se deshiciera de todas las cargas que pudieran hundirlo bajo las olas.

—Quiero estar con ellos —dijo el joven—. No nos separen. Si seguimos juntos, sé que todos trabajaremos más. Les seremos mucho más útiles.

—¿Dónde crees que estás?

—Nos han dicho que íbamos a Fossoli.

—No estás en Fossoli —gruñó el coronel—. Estás en San Sabba. Esto no es más que un campo de tránsito. Desde aquí, se envía a casi todos los deportados a otros lugares, salvo que satisfagan alguna necesidad especial. Como tú.

—Entonces debo volver al tren antes de que parta.

—No te conviene volver al tren, créeme.

—¿Adónde los llevan? Por favor, dígame adónde los llevan.

El oficial dio una calada larga al cigarrillo y exhaló el humo.

—El tren se dirige al norte —dijo, contemplando a Lorenzo a través de un velo de humo—. A Polonia.

El coronel deslizó una copa de vino delante de Lorenzo. Luego se sirvió una y dio un sorbo mientras estudiaba al prisionero que tenía sentado enfrente.

—Eres de los afortunados. Deberías dar gracias por quedarte aquí, en San Sabba.

—¿Y mi familia… a qué parte de Polonia van?

—Eso no importa.

—A mí sí.

El oficial se encogió de hombros y se encendió otro cigarrillo.

—En cualquier campo adonde los manden hará frío. Más del que te imaginas. Eso es lo único que te puedo garantizar.

—Mi hermana solo tiene un abrigo fino. Además, es frágil…, no puede hacer trabajos duros. Si le asignaran tareas de mujeres, como coser uniformes o fregar cacharros, lo haría bien. ¿No se podría arreglar?

—No entiendes nada, ¿verdad? No entiendes lo que significa que manden a un judío a Polonia. Un destino del que puedes escapar si trabajas para mí.

—Mi hermana...

—¡Olvídate de tu puñetera hermana!

Al joven lo espantó el bramido del coronel. En su desesperación por salvar a Pia, había perdido de vista el peligro de su propia situación. Aquel hombre podía ordenar su ejecución en el acto y, a juzgar por la rabia de su mirada, debía de estar valorando precisamente esa posibilidad. Pasaron despacio los segundos mientras Lorenzo, al borde de la condena, se preparaba para recibir un balazo en la cabeza.

El coronel se recostó en la silla y dio otro sorbo a su vino.

—Mira, si cooperas, quizá sobrevivas. Pero solo si cooperas.

Lorenzo tragó saliva; aún tenía la garganta reseca del miedo.

—¿Qué debo hacer?

—Tocar música, eso es todo. Como lo has hecho para mí.

El resplandor de la lámpara proyectaba sombras siniestras en el rostro del coronel y sus ojos tenían el brillo frío del hielo. ¿Qué clase de criatura era aquella? Un oportunista, eso estaba claro, pero eso no decía nada de él, ni bueno ni malo. ¿Qué clase de corazón latía bajo aquel uniforme tan bien planchado?

—¿Para quién tocaré? —preguntó Lorenzo.

—Tocarás en todas las ocasiones en que el comandante lo requiera. Ahora que se está ampliando la Risiera di San Sabba, serán numerosas. La semana pasada llegó media docena de oficiales de Berlín. El mes que viene vendrá el mismísimo Herr Lambert a supervisar la nueva construcción. Se celebrarán recepciones, cenas... Habrá invitados a los que entretener.

—Entonces voy a tocar para oficiales alemanes —dijo el joven sin poder disimular su desagrado.

—¿Preferirías salir al patio y que te ejecutaran allí mismo? Porque no me costaría nada complacerte.

Lorenzo tragó saliva.

—No, señor.

—Entonces tocarás cuando y donde lo ordene el comandante Oberhauser. A mí se me ha encomendado la tarea de seleccionar a músicos con talento suficiente para formar una orquestina. De momento, tú eres el tercer elegido. Contigo, tenemos ya dos violinistas y un chelista, que no está mal para empezar. En todos los trenes llegan nuevos candidatos. Quizá en el próximo grupo de prisioneros encuentre a alguien que toque el clarinete o el trombón. Hemos reunido ya instrumentos suficientes para equipar esa pequeña orquesta.

«Confiscado», más bien, a los innumerables desafortunados a los que habían privado de sus pertenencias. ¿Sufriría la Dianora igual destino, terminaría siendo otro violín anónimo perdido en un almacén de instrumentos huérfanos? Miró su violín con la misma angustia con que una madre temería que le arrebatasen de los brazos a su niño.

—El tuyo es, sin duda, un instrumento exquisito —dijo el coronel, exhalando una nube de humo de su cigarrillo—. Es mucho mejor que cualquier otro violín de nuestra colección.

—Por favor. Era de mi abuelo.

—¿Acaso crees que te privaría de él? Eres tú quien debe tocarlo, porque lo conoces mejor que nadie. —El coronel se inclinó hacia delante y su rostro atravesó el velo de humo para ver a Lorenzo con absoluta claridad—. Yo también soy un artista. Sé lo que es estar rodeado de personas que no saben apreciar la música o la literatura. El mundo se ha vuelto loco y la guerra ha llevado al poder a los bárbaros. No nos queda más remedio que apechugar y adaptarnos al nuevo orden de las cosas.

«Él habla de adaptarse mientras yo me limito a procurar seguir con vida.» Sin embargo, el coronel le había permitido albergar una mínima esperanza de seguir vivo. El oficial también era italiano; quizá fuera más indulgente con sus compatriotas. Tal vez hubiera entrado en las SS por alinearse con los poderosos pero no era un verdadero nazi, sino un tipo pragmático. Para sobrevivir, uno debe como poco fingirse del lado de los vencedores.

El coronel se levantó y cogió un puñado de papeles de su escritorio. Luego puso un fajo de hojas de papel pautado delante de Lorenzo.

—Serás tú quien se encargue de organizar la música de nuestra orquestina, dado que parece que te manejas bien con las partituras.

—¿Qué clase de música quiere que toquemos?

—Nada de canciones gitanas, por Dios, o el comandante hará que te fusilen y a mí me enviará al frente. No, prefieren los conocidos de siempre: Mozart, Bach... Tengo música para piano que puedes utilizar como referencia. Tendrás que organizar las partes de los músicos que consigamos reunir.

—Ha dicho que hay dos violines y un chelo. Con eso no tendremos orquesta.

—¡Pues que los violinistas toquen el doble de notas! De momento, deberás apañártelas con lo que hay. —El coronel le lanzó un lápiz—. Demuestra tu valía.

Lorenzo contempló el papel pautado, los pentagramas en blanco que debía llenar de notas. Al menos eso era algo que le resultaba familiar, algo que podía comprender. La música le serviría de anclaje, lo sostendría. En un mundo que se había vuelto loco, sería lo único que le permitiría conservar la cordura.

—Mientras estás aquí, en San Sabba, puede que presencies algunas cosas... desagradables. Te aconsejo que no veas nada, ni oigas nada. Ni digas nada. Céntrate en tu música —añadió el coronel, dando unos golpecitos con los dedos en el papel pautado—. Haz bien tu trabajo y quizá sobrevivas a este lugar.

17

Mayo de 1944

A última hora de la noche, tendido en su litera, Lorenzo oía los gritos de la celda n.º 1. Nunca supo a quién torturaban. Nunca vio a las víctimas. Solo sabía que, de una noche para otra, las voces de los atormentados iban cambiando. A veces eran gritos de mujer; otras, de hombre. En ocasiones una voz de barítono estallaba entre los sollozos afeminados de un niño aún en el umbral de la hombría. Si Lorenzo se hubiera atrevido a asomarse por los barrotes de la puerta, quizá habría vislumbrado a esas pobres almas mientras las llevaban a rastras al barracón y las metían por la primera puerta a la izquierda. El coronel italiano le había advertido que no viera nada, ni oyera nada, pero ¿cómo podía hacer caso omiso de los alaridos procedentes de la celda de interrogatorios? Ya fueran en italiano, en esloveno o en croata, el significado era siempre el mismo en todos los idiomas: «¡No lo sé! ¡No se lo puedo decir! ¡Pare, por favor, se lo suplico!». Algunos eran partisanos; otros, miembros de la Resistencia. Muchos eran desgraciados elegidos al azar que no disponían de información que ofrecer y a los que los torturadores maltrataban por gusto.

«No veas nada. No oigas nada. No digas nada. Y quizá así sobrevivas.»

Los cinco compañeros de celda de Lorenzo conseguían dormir pese a los gritos nocturnos. En la litera de debajo de la suya, el percusionista roncaba con sus habituales flemas y rugidos. ¿Perturbarían alguna vez su descanso los alaridos de los torturados? ¿Cómo lograba huir tan fácilmente al refugio de los sueños? Mientras Lorenzo yacía en vela, el percusionista seguía durmiendo, igual que los otros. Dormían porque estaban débiles y cansados, y porque la mayoría de los seres humanos puede llegar a soportar casi cualquier cosa, hasta los alaridos de los atormentados. No era que sus corazones se hubieran endurecido, sino que no podían evitarlo, y la impotencia conduce a su propia forma de serenidad.

Vittorio, el chelista, suspiró y se dio la vuelta. ¿Estaría soñando con su mujer y sus hijas, a las que había visto por última vez en el andén de la estación de San Sabba, el mismo andén en el que los habían escogido a todos por ser músicos y los habían separado de sus seres queridos? Aun entonces, meses después, la herida que la separación había dejado en Lorenzo le dolía tanto como una amputación reciente. Mientras sus familias, casi con total seguridad, habían perecido, la música había mantenido con vida a aquel sexteto de hombres destrozados.

A todos ellos los había elegido personalmente el coronel italiano. «La orquesta de un pobre», los llamaba, pero cumplían su cometido. Componían el sexteto Shlomo, el percusionista milanés de ojos legañosos al que habían detenido junto con su familia cuando intentaban cruzar la frontera de Suiza; Emilio, el segundo violín, al que habían sacado por la fuerza de la granja de un amigo cerca de Brescia, amigo al que habían ejecutado de inmediato por esconder a un judío; Vittorio, el chelista, detenido en Vicenza, al que se le había puesto el pelo blanco, como por arte de magia, a las pocas semanas de llegar a San Sabba; Carlo, que tocaba la trompa y estaba gordo a su llegada, pero al que ahora ya le caía la piel suelta en pálidos pliegues por encima de

la tripa, y, por último, Aleks, que tocaba la viola, un músico esloveno de tanto talento que podría haber tocado en cualquier sinfónica del mundo. En cambio, allí estaba, en su orquesta de los
malditos, convertido en un esqueleto humano que tocaba mecá-
nicamente y con la mirada perdida. Aleks nunca les habló de su
familia, ni de cómo había llegado a San Sabba. Lorenzo no le
preguntó.

Ya tenía bastante con sus propias pesadillas.

En la celda n.º 1, los gritos se convirtieron en un chillido tan
penetrante que Lorenzo tuvo que taparse los oídos, desesperado
por aislarse de aquel sonido. Apretó las manos hasta que los alaridos se desvanecieron y lo único que oía era el latido de su propio corazón. Cuando al fin se atrevió a destaparse los oídos, oyó
el chirrido habitual de la puerta de la celda y el roce del cuerpo
del prisionero al sacarlo a rastras al patio.

Conocía su destino final.

Hacía tres meses, habían comenzado las obras del edificio de
enfrente del barracón. Aunque le habían aconsejado que no viera
nada ni oyera nada, el trasiego de camiones que transportaban
materiales al complejo no le había pasado inadvertido. Ni la cua-
drilla berlinesa responsable de la obra, presidida por un arquitecto alemán que se paseaba sin descanso por el complejo, dando
órdenes. Al principio, ninguno de los músicos sabía qué estaban
construyendo; la obra se hacía en el interior del edificio de enfrente, fuera del alcance de su vista. Lorenzo supuso que añadían
otro barracón para alojar a las hordas de nuevos detenidos. Todas las semanas llegaban tantos hombres, mujeres y niños en tren
que a veces los conducían a un patio descubierto donde pasaban
días a la intemperie, temblando de frío, a la espera de que los
trasladaran al norte. Sí, era lógico que hicieran otro barracón.

Luego empezó a oír rumores de los prisioneros que habían re-
clutado a la fuerza para que llevaran ladrillos y argamasa al interior de la nueva estructura sin ventanas. Habían visto un túnel

subterráneo que conducía al fuste de la chimenea. No, no era un nuevo barracón lo que construían allí, le habían dicho. Era otra cosa. Algo sobre cuya finalidad solo podían especular.

Una fría mañana de abril, vio salir humo de la chimenea por primera vez.

Un día después, a los prisioneros que habían trabajado en el interior del edificio, los que le habían contado a Lorenzo lo que habían visto dentro, los sacaron de su barracón. No volvieron. Al día siguiente, empezó a salir de la chimenea un hedor peculiar difícil ignorar. Se adhería a la ropa y al pelo, se colaba por la nariz y la garganta y entraba en los pulmones. Guardias y prisioneros por igual se veían obligados a inhalar a los muertos.

«No veas nada. No oigas nada. No digas nada. Así es como sobrevivirás.»

Todos hacían oídos sordos a los gritos de la celda n.º 1 y a los disparos de los verdugos al otro lado de los muros del complejo, pero había un sonido que nadie podía pasar por alto, uno tan horripilante que hasta los guardias hacían mohínes. Algunos de los prisioneros ejecutados que llevaban a los crematorios no estaban muertos de verdad, sino solo aturdidos por lo que debería haber sido una bala o un golpe mortales, y los arrojaban vivos a las llamas. Los soldados ponían en marcha los motores de los vehículos o provocaban a los perros para que ladraran, pero ninguna de esas distracciones era suficiente para ocultar los bramidos que ocasionalmente salían de aquel monstruo escupehúmo.

Para ahogar el ruido de los muertos, a la orquestina de los malditos de San Sabba se le ordenaba tocar música en el patio.

Así que todas las mañanas el sexteto de Lorenzo cogía obedientemente sus instrumentos y sus atriles y salía del barracón. Había perdido la cuenta de las semanas transcurridas desde su llegada, pero, en el último mes, había observado el progresivo reverdecer de la enredadera que trepaba por los edificios, y hacía unas semanas había visto brotar unas florecillas blancas por las grietas que había entre las piedras. Ya era primavera, incluso en San Sabba. Imaginó las flores silvestres floreciendo más allá de los muros y el alambre de espino y anheló el olor de la tierra, de la hierba, de los bosques, porque allí, en el complejo, solo tenían el hedor de los gases de escape de los vehículos, de las alcantarillas y del humo de la chimenea.

Desde el amanecer, se había estado oyendo una ronda tras otra de disparos al otro lado de los muros. Ahora entraba el primer camión en el complejo, cargado con la cosecha de disparos de esa mañana.

—Más leña para el fuego —anunció el coronel italiano cuando el camión se detuvo en el patio para descargar. Se oyeron nuevos disparos al otro lado de los muros y el oficial se volvió hacia la orquesta—. ¿A qué esperáis? ¡Empezad!

No optaron por serios minuetos o tranquilas arias, porque la finalidad de la música no era entretener. Era disimular y distraer, y para eso necesitaban marchas potentes o música de baile interpretadas al máximo volumen. El coronel italiano se paseaba por el patio mientras tocaban, arengando a sus músicos para que tocasen más fuerte. ¡Más fuerte!

—¡No solo *forte, fortissimo!* ¡Más percusión, más metal!

La trompa resonaba con gran estruendo y el tambor atronaba. Los cuatro instrumentistas de cuerda mecían los arcos con todas sus fuerzas, hasta que les temblaban los brazos, pero no era suficiente. Nunca habría sido suficiente para ocultar los horrores del interior de aquel edificio humeante.

El primer camión se retiró y pasó la verja un segundo vehículo tan sobrecargado que casi iba arrastrando los ejes de las ruedas. Cuando cruzaba a trompicones el patio, perdió por la lona abierta parte de su cargamento, que aterrizó en el adoquinado con un desagradable ruido sordo.

Lorenzo se quedó mirando el cráneo hundido del hombre, las extremidades desnudas, la carne exangüe. «Más leña para el fuego.» La trompa enmudeció de pronto, pero el tambor siguió atronando; el ritmo de Shlomo no se vio afectado por la presencia de aquel cadáver macilento. Los instrumentos de cuerda siguieron sonando también, valerosamente, pero a Lorenzo le tembló el arco y su violín empezó a desafinar por el agarrotamiento que aquel horror le producía.

—¡Toca! —El oficial le dio al de la trompa un manotazo en la nuca—. Te lo ordeno: ¡toca!

Después de unos tímidos bocinazos, Carlo recuperó el control de la respiración y empezaron a tocar todos otra vez, pero no lo suficientemente alto para el gusto del coronel, que se paseaba nervioso de un lado a otro salmodiando: *Forte, forte, ¡forte!* Lorenzo hundió con fuerza el arco en las cuerdas y procuró centrarse en su atril, pero el cadáver lo miraba fijamente desde el suelo y el joven vio que tenía los ojos verdes.

Dos soldados saltaron del camión para recoger la carga que habían perdido. Uno de ellos arrojó al suelo la colilla del cigarrillo que se estaba fumando, la aplastó con la bota y se agachó para agarrar al muerto por los tobillos. Su compañero lo asió por las muñecas y, entre los dos, lanzaron el cadáver de nuevo al camión con la misma indiferencia que si arrojaran un saco de harina. Para ellos, el que un cadáver se cayera del vehículo no merecía siquiera una pausa en la conversación. ¿Por qué iba a merecerla cuando todos los días entraban en el complejo tantos camiones como el suyo con la misma terrible carga? El carnicero que descuartiza a sierra y cuchillo innumerables reses muertas no piensa en las caritas de los corderos; solo ve carne. Los soldados que entregaban a diario su cargamento de cadáveres solo veían más combustible para el incinerador.

Y, en medio de todo aquello, la orquestina de San Sabba seguía tocando. En medio del estruendo de los camiones, de los ladridos de los perros y del *staccato* de disparos lejanos. En medio de los gritos procedentes del crematorio. Sobre todo, por los gritos. Tocaban hasta que por fin se extinguían, hasta que los camiones se alejaban ruidosos, vacíos ya, y el humo hediondo comenzaba a trepar por la chimenea. Tocaban para no tener que oír, ni pensar, ni sentir, y se centraban en la música, solo en la música. ¡Guardad el tempo! ¡Seguid juntos! No estamos desafinando, ¿verdad? No os preocupéis por lo que pase en ese edificio. Mantened los ojos clavados en las notas, el arco en las cuerdas.

Y, cuando el suplicio diario terminaba, cuando por fin les permitían dejar de tocar, estaban demasiado agotados para levantarse de las sillas. Se quedaban sentados con los instrumentos en posición de reposo, las cabezas gachas, hasta que los guardias los levantaban a empujones. Luego marchaban a las celdas en silencio. Sus instrumentos ya habían hablado por ellos y no quedaba nada que decir.

Hasta que anochecía y, despiertos en sus literas, al abrigo de la penumbra, hablaban de música. Fuera cual fuese la conversación, siempre terminaban hablando de música.

—Hoy no hemos ido sincronizados —decía Emilio—. ¿Qué clase de músicos somos que no podemos llevar el mismo tempo?

—En teoría, es la percusión la que marca el tempo. Lo que pasa es que no me hacéis caso —protestó Shlomo—. Tenéis que seguirme a mí.

—¿Cómo vamos a hacerlo si la trompa nos revienta los oídos?

—¿Ahora es culpa mía que no vayamos a la par? —repuso Carlo.

—No se oye más que tu maldita trompa. Al final del día estamos todos sordos.

—Toco las notas como están escritas. Yo no tengo la culpa de que sean *forte, forte, forte*. ¡Si no lo aguantáis, poneos tapones en los oídos!

Y así eran siempre las charlas nocturnas, siempre de música, nunca de lo que habían visto u oído ese día en el patio. Nunca de los camiones, ni de su carga, ni del humo pestilente que salía de la chimenea. Nunca de la verdadera razón por la que los hacían salir al patio todos los días con sus instrumentos y sus atriles. No había que pensar en esas cosas. No, era preferible desechar esos pensamientos y preocuparse, en cambio, del tempo irregular del segundo movimiento y de por qué Vittorio siempre entraba antes de tiempo, y de por qué tenían que tocar esa pesadez del *Danubio azul* a todas horas. Las mismas quejas que podían oírse en las salas de conciertos y los clubes de jazz del mundo entero. Quizá la muerte los esperara entre bastidores, pero aún eran músicos. Eso los sostenía; era lo único que les permitía mantener a raya el pánico.

Pero, de noche, cuando cada uno se quedaba a solas con sus pensamientos, el miedo se apoderaba de ellos. ¿Cómo no iba a hacerlo si empezaban a oírse de nuevo los gritos de la celda n.º 1? Rápido, a taparse los oídos. A echarse la manta por la cabeza y pensar en otra cosa, en lo que fuera.

«Laura. Me espera.»

En eso terminaba pensando siempre Lorenzo: en Laura, su luz en la oscuridad. Una súbita y vívida imagen de ella brotó en su imaginación: Laura sentada junto a la ventana, con la cabeza inclinada sobre el chelo y la luz del sol dorando su pelo. El arco se deslizaba por las cuerdas. Las notas hacían vibrar el aire y temblaban motas de polvo como estrellas alrededor de su cabeza. Tocaba un vals y se mecía al ritmo de la música, con el chelo pegado al pecho como un amante. ¿Qué melodía era esa? No lograba discernirla del todo. En clave menor. Notas elegantes. Un arpegio que se elevaba en un crescendo arrebatador. Lorenzo hizo un esfuerzo por oírla, pero la música le llegaba entrecortada, fragmentada, interrumpida por los gritos.

Despertó estremecido; los últimos instantes del sueño lo envolvían aún como los brazos de una mujer. Oyó el estruendo matinal de los camiones y el ruido sordo de botas que marchaban por el patio. Otro amanecer.

La música. ¿Qué vals era ese que Laura tocaba en su sueño? Desesperado de pronto por anotarlo antes de que se le escapase para siempre, sacó el lápiz y el papel pautado de debajo del colchón. Apenas había luz en la celda y ni siquiera veía las notas que garabateaba en el pentagrama. Escribió rápido para poder registrarlo todo antes de que la melodía se desvaneciese. Un vals en mi menor. Un arpegio hasta sol. Preparó un borrador de los dieciséis primeros compases y soltó un suspiro de alivio.

Sí, aquella era la melodía básica, el esqueleto sobre el que se levantaba la enjundia del vals. Pero la música tenía algo más, mucho más.

Escribió cada vez más deprisa, hasta hacer volar el lápiz por el papel. La melodía se aceleraba, las notas se amontonaban unas sobre otras hasta que el pentagrama quedó atestado de anotaciones a lápiz. Volvió el papel por el lado en blanco y aún oía la música, que sonaba nota tras nota, compás tras compás. Escribió con tal frenesí que la mano se le agarrotó y le dolía el cuello. No reparó en que la luz del día se colaba por los barrotes. No oyó el chirrido de las camas de sus compañeros de celda que despertaban. Solo oía la música, la música de Laura, desgarradora y apasionante. Cuatro de los compases no estaban bien del todo; los borró y los corrigió. Ya solo le quedaban cuatro pentagramas en blanco. ¿Cómo terminaba el vals?

Cerró los ojos y volvió a ver a Laura. Vio brillar su melena en un halo de sol. Vio el arco de su chelo suspendido en un instante de silencio antes de atacar súbitamente las cuerdas con una intensa doble digitación. Lo que al principio era una melodía frenética se había reducido a los acordes tediosos de una marcha fúnebre. No había floritura dramática al final, ni tramo final deslumbrante. Solo tres últimas notas, sordas y lúgubres, que se desvanecían en el silencio.

Soltó el lápiz.

—¿Lorenzo? —lo llamó Carlo—. ¿Qué escribes? ¿Qué música es esa?

Lorenzo alzó los ojos y vio que los otros músicos lo miraban fijamente.

—Es un vals —dijo—. Para los moribundos.

Julia

18

Después de la muchedumbre y el bullicio de San Marco, el silencio de la callejuela adonde me lleva Francesca resulta inquietante. A última hora de la noche, los turistas rara vez se aventuran a adentrarse en este rincón apartado del barrio de Castello y el chasquido de la llave de Francesca en la cerradura de la puerta suena peligrosamente alto. Entramos en un apartamento oscuro y me encuentro en la penumbra, perpleja, mientras ella se mueve aprisa por la estancia, bajando estores, aislándonos de la calle. Solo cuando todas las ventanas están tapadas se atreve a encender una lamparita. Había supuesto que estábamos en su domicilio, pero, al mirar alrededor, veo brocados desvaídos, tapetes de encaje y volantes en la pantalla de la lámpara. No son elementos decorativos propios de una mujer joven.

—Es el piso de mi abuela —me explica—. Esta semana está en Milán. Esperaremos aquí a que venga Salvatore.

—Deberíamos llamar a la policía.

Meto la mano en el bolso, que no sé cómo he conseguido conservar durante mi agitada huida por Dorsoduro. Cuando saco el móvil, Francesca me agarra la muñeca.

—No podemos llamar a la policía —me dice en voz baja.

—¡Han disparado a mi amiga! ¡Claro que hay que llamarlos!

—No podemos fiarnos de ellos. —Me quita el móvil y me lleva hasta el sofá—. Por favor, señora Ansdell, siéntese.

Me desplomo sobre los cojines raídos. De pronto no puedo dejar de temblar y me abrazo. Solo ahora que estoy en lugar seguro puedo derrumbarme. Casi noto cómo me desmorono, me desintegro.

—No entiendo nada. No comprendo por qué quiere matarme.

—Creo que se lo puedo explicar —dice ella.

—¿Usted? ¡Pero si ni siquiera conoce a mi marido!

Me mira ceñuda.

—¿Su marido?

—Ha mandado a un tipo a buscarme. A matarme. —Me limpio las lágrimas—. Ay, Dios mío, no me lo puedo creer.

—No, no, no. Esto no tiene nada que ver con su marido. —Me agarra por los hombros—. Escúcheme. Por favor, escuche.

Al levantar la vista, me topo con una mirada tan intensa que casi noto su ardor. Se sienta en una silla frente a mí y guarda silencio un instante, como meditando sus palabras. Con ese lustroso pelo negro y esas cejas enarcadas, parece un retrato renacentista. Una madona de ojos oscuros con un secreto que contar.

—Ayer por la tarde, después de que me dejase esa pieza de música, hice unas cuantas llamadas telefónicas —dice—. Primero, a un periodista que conozco. Me confirmó que, en efecto, al señor Padrone lo asesinaron durante lo que podría parecer un robo en su tienda de antigüedades. Luego hablé con un contacto de Roma, una mujer que trabaja en la Europol, la Oficina Europea de Policía. Hace apenas una hora me ha vuelto a llamar para facilitarme unos datos muy inquietantes. Me ha dicho que, aunque parece que el señor Padrone murió en el atraco a su establecimiento, el robo fue muy extraño. No tocaron ni el dinero ni las joyas. Solo hurgaron en unas estanterías que contenían libros y partituras antiguos, pero nadie sabe si se llevaron algo. Entonces me ha contado lo más alarmante de todo: cómo mataron al señor Padrone. Dos disparos, en la nuca.

La miro fijamente.

—Eso suena a ejecución.

Francesca asiente compungida.

—Esos son los que la quieren matar.

Me lo suelta con toda naturalidad, con la misma voz serena con la que uno podría decir «y por eso el cielo es azul».

Niego con la cabeza.

—No, tiene que ser un error. ¿Por qué iba a querer nadie matarme a mí?

—Por el vals. Ahora saben que lo compró en esa tienda. Saben que está investigando al compositor y el origen de la música. Por eso mataron al señor Padrone, porque intentó responder a sus preguntas. Habló con quien no debía e hizo preguntas peligrosas.

Incendio. Todo se reduce siempre a ese vals.

—¿Lo sabe usted? —pregunto en voz baja—. ¿Sabe de dónde viene esa música?

Francesca suspira hondo, como si fuera a contarme una historia larga y complicada.

—Creo que *Incendio* sí que lo compuso Lorenzo Todesco, que nació y vivió en la Calle del Forno hasta que lo arrestaron las SS. Él y su familia, sus padres, su hermana y su hermano, se encontraban entre los doscientos cuarenta y seis judíos deportados de Venecia. De toda la familia Todesco, solo Marco regresó con vida. Murió hace unos diez años, pero tenemos en los archivos del museo la transcripción de una entrevista que se le hizo. En ella habla de la noche en que su familia fue detenida, de su deportación y del tren en el que los trasladaron a un campo de exterminio en Polonia. Dice también que a su hermano lo separaron del resto de la familia en Trieste, cuando los guardias descubrieron que era músico.

—¿Lo apartaron por esa razón?

—Lorenzo se encontraba entre los músicos seleccionados para permanecer en Risiera di San Sabba, también llamado Stalag 339. Al principio era un campo de tránsito y un centro de detenciones para los prisioneros italianos, pero, como cada vez pasaban más prisioneros por Trieste, el sistema empezó a verse sobrepasado y la finalidad de San Sabba cambió. En 1944, los alemanes construyeron en aquel complejo un sistema eficientísimo de eliminación de residuos con el que deshacerse de todos los prisioneros ejecutados.

—Eliminación de residuos —murmuro—. Se refiere a…

—Un crematorio. Lo diseñó Erwin Lambert, el mismo arquitecto que ideó las cámaras de gas de los campos de exterminio polacos. En San Sabba se ejecutó a miles de prisioneros políticos, partisanos y judíos. Algunos murieron torturados; otros, de un disparo, en la cámara de gas, o de un garrotazo en la cabeza. —Luego añade en voz baja—: Los que morían tenían suerte.

—¿Por qué dice eso?

—Porque, después de la ejecución, pasaban al crematorio. Si, por casualidad, sobrevivían a las balas, al garrotazo en la cabeza o al gas venenoso, los quemaban vivos. —Francesca hace una pausa y el silencio magnifica el impacto de lo que dice luego—. Los gritos de los que morían abrasados se oían por todo el complejo. —El espanto de lo que me cuenta me ha dejado sin habla. No quiero oír más. Helada, la miro a los ojos—. Dicen que los gritos eran tan perturbadores que ni siquiera el comandante nazi podía soportarlos. Para enmascararlos, y disimular el trajín de las brigadas de incendios, ordenó que se tocara música en el patio. Encomendó la tarea a un oficial italiano de las SS, el coronel Collotti. En muchos aspectos, fue una decisión lógica: el coronel Collotti se consideraba un hombre culto. Era ferviente seguidor de la sinfónica y coleccionista de rarezas musicales. Formó una pequeña orquesta de prisioneros. Seleccionó personalmente a los músicos y decidió lo que debían tocar. Entre las piezas que interpretaban habitualmente había un vals, compuesto por uno de los músicos prisioneros. Después de la guerra, en uno de los juicios, un guardia describió el vals como hermoso e inquietante con un final diabólico. Era la pieza favorita de Collotti y les obligaba a tocarla sin parar. Para miles de condenados que marchaban a su ejecución, aquel vals fue lo último que oyeron.

—*Incendio*. El fuego.

Francesca asiente.

—El fuego del crematorio.

Tiemblo otra vez; tengo tanto frío que me castañetean los dientes. Francesca va a la cocina y, al poco, vuelve con una taza de té humeante. Empiezo a beber, pero no consigo entrar en calor. Ahora tengo claro que ese vals está maldito por las miles de almas aterradas que lo oyeron en su último suspiro. Es un vals para moribundos.

Me cuesta mucho reunir el valor necesario para hacer la siguiente pregunta.

—¿Sabe qué fue de Lorenzo Todesco?

Asiente de nuevo con la cabeza.

—Antes de huir, los alemanes volaron el crematorio, pero dejaron registros meticulosos gracias a los cuales sabemos los nombres de los prisioneros y su destino final. En octubre de 1944, Lorenzo Todesco y sus compañeros músicos marcharon a su propia ejecución. Sus cuerpos fueron arrojados al horno.

Guardo silencio, con la cabeza gacha de pena por Lorenzo, por los que murieron con él, por todos los que perecieron en el infierno de la guerra. Lloro la ausencia de esa música que jamás llegó a escribirse, de esas piezas maestras que jamás se oirán. Lo único que nos ha quedado es el vals de un hombre que compuso la banda sonora de su propia condena.

—Entonces ya sabemos la historia de *Incendio* —digo en voz baja.

—No del todo. Queda una cuestión fundamental: ¿cómo llegó la música desde el campo de exterminio de San Sabba hasta la tienda de antigüedades del señor Padrone?

La miro.

—¿Y eso es importante?

Francesca se inclina hacia delante, con los ojos encendidos de emoción.

—Piénselo bien. Sabemos que no fueron los músicos, porque todos murieron, así que debió de ponerla a salvo uno de los guardias o de los oficiales de las SS que huyeron antes de que pudieran arrestarlos.

Ladea la cabeza, observándome, esperando a que yo ate cabos.

—Se encontraba entre los enseres de Giovanni Capobianco.

—¡Exacto! Y ese apellido, Capobianco, es como una luz de alarma. Le he pedido a mi amiga de la Europol que investigara los antecedentes de ese tal Capobianco. Sabemos que se instaló en la localidad de Casperia hacia 1946. Vivió allí hasta su muerte, hace catorce años, a los noventa y cuatro. Nadie del pueblo sabía de dónde venía y a todos les parecía un hombre muy reservado. Él y su esposa, que murió años antes que él, tuvieron tres hijos. Cuando falleció, el agente inmobiliario que trabajaba para la familia vendió casi todas sus pertenencias, entre las que había un buen número de libros de partituras y extraordinarios instrumentos. Se sabía que el señor Capobianco era un ferviente admirador de la sinfónica. Además, era un hombre del que no se tiene absolutamente ningún dato hasta su súbita y misteriosa aparición en 1946.

«Coleccionista de música. Admirador de la sinfónica.» Miro a Francesca.

—Era el coronel Collotti.

—Estoy convencida. Collotti, igual que los otros oficiales de las SS, huyó de San Sabba antes de que llegasen los aliados. Las autoridades lo buscaron, pero nunca dieron con él, jamás pudieron llevarlo ante los tribunales. Creo que se convirtió en el señor Capobianco, vivió una vejez tranquila y se llevó su secreto a la tumba —concluye Francesca con rabia—. Y harán todo lo posible para que eso siga así.

—Ya está muerto. ¿Por qué iba a importarle a nadie su secreto?

—Huy, ese secreto les importa mucho a ciertas personas. A personas con poder. Por eso Salvatore y yo hemos ido a buscarla esta noche. Para advertirla. —Saca de su bolso un periódico italiano y lo despliega en la mesita del salón. En la portada, hay una foto de un hombre guapo de cuarenta y tantos años que estrecha la mano a una multitud de admiradores—. Este hombre es un político italiano que ha tenido un ascenso vertiginoso y se espera que gane las próximas elecciones parlamentarias. Muchos predicen que será nuestro próximo primer ministro. Su familia lleva años preparándolo para ese puesto. Han cifrado sus esperanzas en él y en lo que él puede hacer por sus intereses comerciales. Se llama Massimo Capobianco. —Mira mi cara de perplejidad—. Que ahora resulta ser el nieto de un criminal de guerra.

—Pero él no cometió ningún crimen de guerra. Fue su abuelo.

—Pero ¿conocía el pasado de su abuelo? ¿Lo ha ocultado su familia todos estos años? Ese es el verdadero escándalo: la forma en que la familia Capobianco, quizá incluso el propio Massimo, ha reaccionado al peligro de ser descubiertos. —Me mira fijamente—. Piense en el asesinato del señor Padrone. Quizá fuera para impedir que se desvelara el secreto de la familia.

Lo que me convierte en responsable de la muerte del anciano. El señor Padrone preguntó a la familia Capobianco cómo se había hecho su abuelo muerto con el oscuro vals de un compositor veneciano porque yo se lo pedí. ¿Cuánto tardarían en saber que L. Todesco era un judío que había muerto en Risiera di San Sabba, que la mera existencia de esa música demostraba que el señor Capobianco había estado también en ese campo de exterminio?

—Creo que por eso la han atacado —dice Francesca—. De algún modo se han enterado de que está aquí, en Venecia.

—Porque se lo he dicho yo —susurro.

—¿Cómo?

—Pedí a la recepcionista del hotel que los llamara y les preguntara por ese vals. Dejé mi nombre y mis datos de contacto.

Francesca menea la cabeza, preocupada.

—Ahora es más importante que nunca que siga escondida.

—Pero esa pieza la tiene usted. Tiene el original. Ya no hay motivo para que vengan a por mí.

—Sí, claro que lo hay. Usted es testigo. Podría declarar que le compró el documento al señor Padrone y la carta de Anna Maria deja bien claro que el señor Padrone se lo compró a los Capobianco. Usted es el eslabón principal de la cadena de pruebas que conducen directamente a su familia. —Se inclina hacia delante, me mira con fiereza—. Soy judía, señora Ansdell. Salvatore también. Quedamos pocos en esta ciudad, pero los fantasmas siguen aquí, a nuestro alrededor. Ahora ya podemos dejar tranquilo a este, al fantasma de Lorenzo Todesco.

Alguien llama a la puerta con los nudillos y yo me agarroto de miedo.

—¿Qué hacemos? —susurro.

—Agáchese. No se levante.

Francesca apaga la luz y nos quedamos a oscuras. Yo me tiro al suelo y noto que el corazón se me sale del pecho al verla avanzar con sigilo entre las sombras. Al llegar a la puerta, pregunta algo en italiano. Un hombre responde.

Con un suspiro de alivio, abre la puerta para que pase y, cuando vuelve a encender la luz, veo que es Salvatore. También veo, por la tensión de su semblante, que no soy la única que está aterrada. Le habla rápido a Francesca, que va traduciendo.

—Dice que han disparado a tres personas a la puerta del hotel —me cuenta—. Ha muerto un hombre, pero su amiga estaba viva cuando se la han llevado al hospital.

Pienso en los dos desafortunados que salían del hotel en el preciso instante en que iban a asesinarme. Y pienso en Gerda, que quizá se esté debatiendo entre la vida y la muerte en estos momentos.

—Tengo que llamar al hospital.

Una vez más, me lo impide.

—No es seguro.

—¡Necesito saber si mi amiga está bien!

—Lo que necesita es esconderse. Si le ocurre algo, si no logra declarar en su contra, se romperá nuestra cadena de pruebas. Por eso Salvatore nos propone esto.

El joven mete la mano en la mochila que acaba de traer al piso. Albergo la esperanza de que lleve un arma allí, algo con lo que defendernos. En cambio, saca una cámara y un trípode y procede a colocarlo delante de mí.

—Hay que grabar su declaración en vídeo —sentencia Francesca—. Si algo le ocurriera, al menos tendremos... —Se interrumpe, consciente de lo despiadado que ha debido de sonar su comentario.

—Tendrán mi testimonio grabado —termino la frase.

—Entiéndame, por favor. Usted es una amenaza para una familia muy poderosa. Hay que estar preparados para cualquier cosa.

—Sí. Lo entiendo. —Entiendo que por fin tengo una forma de contraatacar. Llevo mucho tiempo intentando defenderme en vano de una amenaza desconocida. Ahora sé quién es mi enemigo y puedo derrotarlo. Es algo que solo yo puedo hacer. Eso me tranquiliza. Inspiro hondo. Me yergo en el asiento y miro directamente a la cámara—. ¿Qué digo?

—¿Por qué no empieza indicando su nombre y su domicilio? Diga quién es y que, cuando estuvo aquí, le compró esa partitura al señor Padrone. Cuéntenos lo que le escribió la nieta del anticuario. Cuéntenoslo todo.

«Todo.» Pienso en lo que aún no les he contado: que ese vals ha transformado a mi hija y que ahora me da miedo; que la psiquiatra quiere encerrarme en una institución psiquiátrica; que mi marido piensa que estoy loca por creer que *Incendio* ha llevado el mal a nuestra familia. No, esas son las cosas que no les voy a contar, aunque todo eso sea cierto. *Incendio* está impregnada de maldad, de eso no cabe duda, una maldad que ha invadido mi hogar y me ha arrebatado a mi hija. La única forma en que puedo hacerle frente es revelando su terrible historia.

—Estoy lista —les digo.

Salvatore pulsa el botón de grabación. Se enciende una luz roja en la cámara, a modo de malévolo ojo.

Hablo con serenidad y claridad.

—Me llamo Julia Ansdell. Tengo treinta y tres años y estoy casada con Robert Ansdell. Vivimos en el 4122 de Heath Road, en Brookline, Massachussetts. El 21 de junio visité la tienda de antigüedades de un tal Padrone, en Roma, donde adquirí una composición manuscrita, *Incendio,* obra de un compositor llamado L. Todesco...

La luz roja de la cámara empieza a parpadear. Mientras Salvatore busca otra batería, yo sigo hablando. De mi interés por descubrir la identidad de Lorenzo, de cómo me enteré de la muerte del señor Padrone, de...

19

Oigo mi propia respiración entrecortada. Huelo mi propio miedo. Corro por un callejón oscuro. No recuerdo lo que ha pasado, ni cómo he escapado del piso; no recuerdo lo que les ha ocurrido a Francesca y Salvatore. Lo último que recuerdo es que estaba sentada delante de la cámara y parpadeaba la luz roja que indicaba que la batería estaba casi agotada. Algo horrible ha ocurrido, desde luego, algo que me ha producido un corte sangrante en el brazo y un espantoso dolor de cabeza. Ando perdida en un barrio que no conozco.

Además, me siguen.

A lo lejos oigo el sonido de una música atronadora, un ritmo pegadizo, primitivo. Donde haya música, habrá una multitud entre la que pueda esconderme. Vuelvo una esquina y veo una discoteca muy concurrida y a la gente fuera, de pie, junto a mesas de cóctel, pero aun aquí será fácil verme. Quien me persigue podría simplemente pegarme un tiro en la cabeza y desaparecer sin que nadie lo viera.

Me abro paso entre los juerguistas y oigo el chillido de una mujer indignada porque le tiro sin querer la copa. El vaso se hace añicos en el suelo, pero yo sigo corriendo. Cruzo una plaza muy concurrida, me detengo a mirar atrás. Hay tanta gente que, al principio, no estoy segura de que aún me sigan. Entonces veo a un hombre de pelo oscuro que viene decidido hacia mí con ademán robótico. Es imparable.

Vuelvo otra esquina a toda velocidad y veo el rótulo de Piazza San Marco señalando a la izquierda. San Marco es el núcleo de la actividad nocturna en Venecia, el lugar en el que se pueden encontrar aglomeraciones hasta bien entrada la noche. Es precisamente adonde mi persecutor espera que vaya.

Giro a la derecha y me refugio en un portal. Oigo pasos firmes que vuelven la esquina y luego se desvanecen. Hacia San Marco.

Me asomo a la calle y veo que el callejón está desierto.

Veinte minutos después, encuentro una verja abierta y me cuelo en un jardín privado en cuya penumbra huele a rosas y a tomillo. La luz que mana de las ventanas de la planta superior me permite ver las manchas de sangre que llevo en la blusa. Tengo el brazo izquierdo surcado de cortes. ¿De trozos de cristal que han salido disparados? ¿De una explosión? No lo recuerdo.

Quiero volver al apartamento para ver si Francesca y Salvatore están vivos, y recoger mi bolso, pero sé que no es seguro. Tampoco me atrevo a volver al hotel en el que han disparado a Gerda. No tengo equipaje, ni bolso, ni tarjetas de crédito, ni móvil. Me busco en los bolsillos algo de efectivo, pero solo encuentro unas monedas sueltas y un billete de cincuenta euros.

Tendré que arreglármelas con eso.

Tardo una hora en llegar a la estación de Santa Lucía, recorriendo con sigilo callejuelas y cruzando puentes a toda velocidad. No me atrevo a entrar en la estación porque es precisamente adonde los hombres de Capobianco esperarán que vaya, así que me meto en un cibercafé y empleo parte del valioso dinero de que dispongo en pagar una hora de Internet. Aunque es más de medianoche, el local está repleto de mochileros tecleando. Me instalo delante de un ordenador alejado de la ventana, entro en mi cuenta de correo y busco en el sitio web de la Europol la información de contacto. No veo el modo de enviar un correo electrónico directamente al departamento de investigaciones, de forma que dirijo mi mensaje a la oficina de medios.

> Me llamo Julia Ansdell. Tengo información esencial sobre el asesinato de Stefano Padrone, al que mataron de un disparo en Roma hace unas semanas...

Incluyo todos los detalles que recuerdo sobre *Incendio*, Lorenzo Todesco y la familia Capobianco. Les cuento que a mi amiga Gerda le han disparado a la entrada de nuestro hotel, y que Francesca y Salvatore podrían haber muerto. ¿Hará la Europol caso omiso de mi mensaje pensando que soy una chiflada paranoica o se darán cuenta de que estoy verdaderamente en peligro y necesito ayuda inmediata?

Cuando termino de teclear, han pasado ya cuarenta y cinco minutos, y estoy nerviosísima pero agotada. No me queda otra opción que hacer clic en Enviar y confiar en que todo salga bien. Pongo en copia también al Museo Judío de Venecia, a mi tía Val y a Rob. Si terminan asesinándome, al menos sabrán por qué.

El mensaje sale al ciberespacio con un zumbido.

Aún me quedan quince minutos de conexión, así que abro la bandeja de entrada. Encuentro cinco correos de Rob, el último enviado hace tan solo dos horas.

> Estoy preocupadísimo por ti. Gerda no contesta al teléfono. Por favor, dime que estás bien. Una llamada, un mensaje de texto, lo que sea. Te prometo que solucionaremos nuestros problemas, sean los que sean. Te quiero. Jamás te abandonaré.

Miro fijamente sus palabras y deseo desesperadamente creer lo que dice.

La cuenta atrás de mi tiempo de conexión empieza a parpadear en la pantalla. Solo dispongo de tres minutos.

Empiezo a teclear.

> Tengo miedo y te necesito. ¿Recuerdas cuando te dije que estaba embarazada? Ahí es donde estaré. A la misma hora, en el mismo sitio. No se lo digas a nadie.

Pulso Enviar.

Solo me quedan treinta segundos de conexión cuando, de pronto, me entra un correo nuevo. Es de Rob y son solo tres palabras.

> Voy para allá.

La ciudad de Venecia es el lugar perfecto para esconderse. Gracias a ese laberinto de callejuelas y a esa multitud de visitantes de todo el mundo, es fácil perderse en la muchedumbre. Al amanecer, cuando las calles vuelven a cobrar vida, salgo del pasaje abovedado donde he pasado la noche. Encuentro un mercado en el que compro pan, fruta, queso y un café que necesitaba con desesperación. Con eso me gasto el resto de los cincuenta euros y me quedo sin un céntimo. No puedo hacer otra cosa que seguir viva y escondida hasta que Rob venga a por mí. Sé que vendrá, aunque solo sea porque no le gustan las ecuaciones sin resolver.

Paso el día procurando no llamar la atención. Evito la estación de ferrocarril y los apeaderos de los *vaporetti*, donde seguramente me andarán buscando mis perseguidores. En su lugar, busco refugio en una modesta iglesia de las afueras de Cannaregio. La fachada de San Alvise es sencilla y austera, pero en su valioso interior abundan las pinturas. Además, está fresca y tranquila, y dentro solo hay dos mujeres sentadas, meditando, con la cabeza agachada. Me siento en un banco y espero a que pasen las horas. Necesito urgentemente averiguar si Gerda está viva, pero me da miedo aparecer por el hospital. También me da miedo acercarme al Museo Judío y Francesca me dijo que ni siquiera podíamos fiarnos de la policía. Estoy sola.

Las dos mujeres se marchan y algunos otros feligreses van entrando a rezar o encender velas. Todos ellos son vecinos de la zona; San Alvise se encuentra demasiado retirada del bullicio turístico.

A las cuatro en punto abandono por fin mi escondite. Salgo al sol vespertino, que brilla con tanta intensidad que me hace sentir terriblemente expuesta mientras me dirijo al puente de Rialto. Las multitudes son cada vez mayores. El calor es tan aplastante que todo el mundo parece avanzar a cámara lenta, como vadeando un espeso jarabe. Hace cuatro años, en una tarde igual de calurosa, le di a Rob la noticia de que por fin íbamos a tener un bebé. Llevábamos horas caminando y, a mitad del puente de Rialto, me sentí tan tremendamente cansada que tuve que parar a recobrar el aliento.

«—¿Te has mareado?»

«—No. Pero creo que estoy embarazada.»

Fue uno de esos momentos de felicidad tan absoluta que recuerdo hasta el último detalle: el olor salobre del canal, el sabor de sus labios en los míos… Es un recuerdo que solo comparto con una persona. Solo él sabe dónde lo estaré esperando.

Me uno a los turistas que enfilan el puente y el gentío me absorbe de inmediato como una ameba. A mitad de camino, me paro en un puesto ambulante de joyas de cristal veneciano y examino los collares y los pendientes allí expuestos. Me entretengo tanto que el vendedor piensa que está a punto de hacer una venta, pese a que no hago más que decirle que solo estoy mirando. Aparece su ayudante, una mujer bulliciosa que me ofrece descuentos; su voz es tan estridente que todo el mundo nos mira.

Cuando me retiro, grita aún más fuerte, furiosa de ver que se le escapa una clienta.

—Julia —oigo una voz a mi espalda.

Me vuelvo y allí está, desaliñado y sin afeitar. Da la impresión de que lleve días sin dormir y, cuando me abraza, huelo su miedo, rancio como el sudor.

—Tranquila —murmura—. Nos vamos a casa y todo se arreglará.

—No puedo subirme a un avión sin más, Rob. No es seguro.

—Claro que sí.

—Tú no sabes todo lo que ha pasado. ¡Quieren matarme!

—Por eso han venido estos hombres a protegerte. Con ellos estarás a salvo. Confía en ellos.

«¿Ellos?»

Solo entonces veo a los dos hombres que se acercan. No puedo huir, no tengo escapatoria. Rob me retiene, estrechándome contra su cuerpo.

—Julia, cariño, lo hago por ti —dice—. Por nosotros.

Intento zafarme de él, pero, aunque le araño y le doy manotadas, Rob no cede; me estruja tan fuerte que siento que me va a asfixiar. Veo un súbito destello, tan luminoso como el estallido de mil soles. Luego nada.

20

En medio de la bruma que me nubla la visión, solo distingo la figura de una mujer. Viste un manto azul, mira hacia arriba y alza las manos juntas al cielo. Es el retrato de alguna santa, pero no sé cuál. Ese cuadro es el único elemento de color que veo en esta estancia de paredes blancas, sábanas blancas, cortinas blancas. Al otro lado de la puerta cerrada oigo voces en italiano y el traqueteo de un carrito que rueda por el pasillo.

No recuerdo cómo he llegado aquí, pero sé bien dónde estoy: en un hospital. El suero glucosado va pasando desde la bolsa del gotero a una vía intravenosa insertada en mi mano izquierda. Cerca hay una bandeja de cabecera con una jarra de agua, y en la muñeca llevo una pulsera de plástico con mi nombre y mi fecha de nacimiento. No dice en qué planta estoy, pero doy por sentado que me encuentro en algún loquero italiano donde ni siquiera puedo comunicarme con mis médicos. Me pregunto si habrá un tratado de extradición para pacientes psiquiátricos, igual que lo hay para delincuentes. ¿Me enviarán los italianos a casa o estoy condenada a contemplar eternamente a la santa del manto azul que cuelga de la pared?

Oigo pisadas en el pasillo y me incorporo como un resorte en la cama; se abre la puerta y entra Rob. Pero no es a él a quien me quedo mirando, sino a la mujer que lo acompaña.

—¿Cómo se encuentra? —pregunta.

Niego con la cabeza, atónita.

—Está aquí. Está viva.

Francesca asiente.

—¡Salvatore y yo estábamos muy preocupados por usted! Cuando salió corriendo del piso, la buscamos por todas partes. Toda la noche.

—¿Salí corriendo? Pero yo pensaba...

—¿No se acuerda?

Me revienta la cabeza y me masajeo las sienes intentando recordar lo ocurrido anoche. Me vienen algunas imágenes a la memoria. Un callejón oscuro. La verja de un jardín. Luego recuerdo la blusa manchada de sangre y me veo los vendajes del brazo.

—¿Cómo me hice estos cortes? ¿Hubo una explosión?

—No hubo ninguna explosión —dice, meneando la cabeza.

Rob se sienta en la cama y me coge la mano.

—Julia, hay algo que debes ver. Luego te explico lo de los cortes del brazo. Te explicaré todo lo que te ha sucedido en estas últimas semanas. —Mira a Francesca—. Enséñele el vídeo.

—¿Qué vídeo? —pregunto.

—El que grabamos anoche en el piso de mi abuela.

Francesa hurga en la bolsa del ordenador que ha traído a la habitación y saca un portátil. Vuelve la pantalla hacia mí y da comienzo al vídeo. Veo mi cara, oigo mi voz.

«Me llamo Julia Ansdell. Tengo treinta y tres años y estoy casada con Robert Ansdell. Vivimos en el 4122 de Heath Road, en Brookline, Massachussetts...»

En la pantalla, parezco nerviosa y desaliñada, y no paro de mirar de reojo a las dos personas que están al otro lado de la cámara. Pero no titubeo mientras cuento la historia de *Incendio*. Que le compré la partitura al señor Padrone. Que he venido a Venecia en busca de respuestas. Que a Gerda y a mí nos asaltaron a la puerta del hotel.

«Juro que todo lo que he contado es verdad. Si algo me ocurriera, al menos sabréis…»

De pronto, parece que me quedo en blanco. Enmudezco un instante.

En la grabación, Francesca, fuera de cámara, me dice: «¿Qué pasa, Julia?». Entra en plano y me da una palmadita en el hombro, luego me zarandea un poco. No reacciono. Frunce el ceño y le dice algo en italiano a Salvatore.

La cámara sigue grabando mientras me levanto como un robot y salgo de plano. Francesca y Salvatore me llaman. Se oye un fuerte estrépito y un estruendo de cristales rotos, luego la voz alarmada de Francesca: «¿Adónde va? ¡Vuelva!».

Francesca para el vídeo y lo único que veo en la pantalla es un plano de la silla en la que estaba sentada, ahora vacía.

—Rompió el cristal de la ventana y salió corriendo —dice—. Llamamos a nuestros compañeros del museo para que nos ayudaran a buscar, pero no conseguimos encontrarla, así que usamos su móvil, el que llevaba en el bolso, para llamar a su marido. Resultó que él ya estaba en el aeropuerto de Boston, a punto de embarcar en un vuelo a Venecia.

—No lo entiendo —susurro, mirando fijamente la pantalla del portátil—. ¿Por qué hice eso? ¿Qué me pasa?

—Creo que sé por qué, cariño —dice Rob—. Cuando ingresaste en el hospital hace unas horas, estabas inconsciente, como en estado catatónico. Los médicos te han hecho un escáner cerebral de urgencia. Entonces han comprendido lo que ocurría. Confían en que sea benigno y se pueda extirpar, pero tendrán que operarte.

—¿Operarme? ¿Para qué?

Rob me aprieta la mano y me dice con delicadeza:

—Tienes un tumor en el cerebro que te está presionando el lóbulo temporal. Eso explica tus dolores de cabeza, tus lapsus de memoria. Explicaría todo lo sucedido en las últimas semanas.

¿Recuerdas lo que nos dijo el neurólogo de Lily sobre la epilepsia del lóbulo temporal? Dijo que quienes la sufrían podían desarrollar actividades muy complejas durante los ataques: caminar, hablar, incluso conducir un coche. Fuiste tú quien mató a Juniper, tú misma te clavaste el vidrio en la pierna, lo que pasa es que no te acuerdas. Y, al despertar, te pareció que Lily decía sin parar «Pupa a mami, pupa a mami», pero no fue eso lo que dijo; yo creo que debió de ser «Mami pupa, mami pupa». Se asustó al verte así. Quería consolarte.

Se me hace un nudo en la garganta y me sorprendo llorando de alivio. Mi hija me quiere. Mi hija siempre me ha querido.

—La epilepsia, el tumor, explicaría todo lo que te ha pasado —dice Rob.

—No todo —señala Francesca—. Queda el asunto de *Incendio* y de su origen.

Niego con la cabeza.

—Madre mía, estoy tan confundida que ya no soy capaz de distinguir lo real de lo imaginario.

—El tipo que ha querido matarla, el que disparó a su amiga, no es imaginario.

Miro a Rob.

—Gerda...

—Se pondrá bien. La operación ha salido bien y se está recuperando —dice.

—Entonces ¿esa parte era real, el tiroteo?

—Tan real como los guardaespaldas que están ahora mismo en la puerta de la habitación —señala Francesca—. La Europol está investigando y, si lo que sospechamos sobre la familia Capobianco es cierto... —Sonríe—. Habrá conseguido que encierren al que podría haber sido el próximo primer ministro de nuestro país. Enhorabuena. Mis compañeros del museo la consideran una heroína.

Es un triunfo que no me apetece mucho celebrar porque estoy pensando en un enemigo mucho más íntimo, el tumor que se encuentra alojado en mi cerebro. Un enemigo que ha distorsionado tanto mi realidad que me ha hecho temer a las personas que más quiero. Pienso en todas las veces que me he masajeado las sienes tratando de aliviar algo que estaba creciendo e inflándose en mi interior. Un enemigo que aún podría derrotarme.

Pero ya no estoy sola en esta batalla porque Rob está a mi lado. Siempre ha estado a mi lado, aun cuando yo no lo sabía.

Francesca guarda el portátil.

—Bueno, yo tengo trabajo pendiente: informes que preparar, documentos que catalogar... Vamos a hacer una búsqueda exhaustiva en nuestros archivos de todo lo que haya de la familia Todesco. —Me sonríe—. Y usted también tiene algo que hacer.

—¿Yo?

—Sí, ponerse buena, señora Ansdell. Contamos con ello. Usted ha sido quien nos ha llevado por este camino. Tendrá que ser quien cuente la historia de *Incendio*.

21

Ocho años después

En el número 11 de la Calle del Forno, antigua residencia de Lorenzo y su familia, se ha montado una nueva placa con una sencilla inscripción en italiano: «Aquí vivió el compositor y violinista Lorenzo Todesco, que pereció en el campo de exterminio de Risiera di San Sabba en octubre de 1944». No habla de *Incendio*, ni de la familia de Lorenzo o de las circunstancias en que pasaron sus últimos meses de vida en San Sabba, pero tampoco hace falta. Esta noche se estrena en televisión un documental sobre su vida. Pronto toda Venecia conocerá su historia.

También conocerán la mía, porque fui yo quien encontró la partitura, y esta noche, en el estreno del documental, mi cuarteto tocará la pieza. Aunque las llamas del crematorio de San Sabba consumieron hace tiempo el cuerpo de Lorenzo, su obra aún ha sido capaz de cambiar algunas vidas. Puso fin a la carrera política de un hombre que podría haber sido primer ministro, me alertó del meningioma que me estaba creciendo en el cerebro y hoy ha reunido en el auditorio de la universidad Ca' Foscari a un público internacional deseoso de ver el documental *Incendio* y de escuchar el vals que lo inspiró.

Entre bastidores, me encuentro asombrosamente tranquila pese al bullicioso parloteo del público, que se oye a través del telón bajado. Hay lleno absoluto esta noche y Gerda está tan emocionada que no para de tamborilear con los dedos en el dorso de su violín. A mi espalda, oigo a nuestra chelista toquetearse nerviosa la falda negra de tafetán. Se levanta el telón, salimos al escenario y ocupamos nuestros sitios.

La luz cegadora de los focos no me permite ver al público, pero, cuando aproximo el arco al violín, sé que Rob, Lily y Val me observan desde la tercera fila de la sección central. Ya no me da miedo esta música que hace un tiempo generaba tormentas eléctricas en mi cerebro. Sí, tiene una historia inquietante y la muerte la ha seguido de un siglo a otro, pero no es portadora de ninguna maldición, de ninguna desgracia. A fin de cuentas, es solo un vals, un eco postergado de las notas que Lorenzo Todesco tocó en su día, y es hermosa. Me pregunto si el espíritu de Lorenzo podrá oírnos tocarla. ¿Volarán de algún modo las notas desde las cuerdas de nuestros instrumentos a su encuentro, dondequiera que esté? Si puede oírnos, sabrá que no lo hemos olvidado. Y eso, a la larga, es lo que todos queremos: que nunca nos olviden.

Llegamos al último compás. La última nota es de Gerda, y es alta, dulce, conmovedora, como un beso tirado al cielo. El público, atónito, guarda silencio, como si nadie quisiera mancillar la santidad del momento. Cuando al fin estalla el aplauso, resulta atronador. «¿Oyes ese aplauso, Lorenzo? Llega con setenta años de retraso, pero es todo tuyo.»

Luego, en el camerino, a las cuatro nos sorprende gratamente encontrarnos una botella de *prosecco* enfriándose en un cubo de hielo. Gerda la descorcha y brindamos por nuestra interpretación con el musical tintineo de las copas de tubo.

—¡Nunca habíamos sonado tan bien! —exclama Gerda—. ¡Próxima parada, el estreno de Londres!

Otro brindis, otra ronda de carcajadas de autocomplacencia. En una noche en la que homenajeamos a Lorenzo Todesco, parece inoportuna tanta felicidad, y esto es solo el principio de la conmemoración. Mientras recogemos nuestros instrumentos, ya ha dado comienzo en el patio exterior la fiesta de la productora del documental, una velada compuesta de cena y baile bajo las estrellas. Gerda y las otras están impacientes por unirse a la celebración, así que abandonan primero el camerino y enfilan el pasillo rumbo a la salida del auditorio.

Estoy a punto de salir con ellas cuando oigo que, a mi espalda, alguien me llama.

—¿Señora Ansdell?

Al volverme, veo a una mujer de sesenta y tantos años, pelo negro canoso y ojos oscuros y serios.

—Soy Julia Ansdell —contesto—. ¿En qué puedo ayudarla?

—Leí su entrevista en el periódico de ayer —dice la mujer—. El artículo sobre *Incendio* y la familia Todesco.

—¿Sí?

—Hay una parte de la historia que no se menciona en el artículo. Los Todesco ya murieron todos, así que no tenía usted forma de enterarse, pero creo que debería saberlo.

La miro ceñuda.

—¿Tiene que ver con Lorenzo?

—En cierto sentido. En realidad, se trata de una joven llamada Laura Balboni, y de lo que fue de ella.

La mujer que ha venido a verme se llama Clementina. Nació en Venecia y enseña mi idioma en un instituto de la zona, por eso lo habla tan bien. Gerda y las otras ya han salido del auditorio para sumarse a la fiesta, así que Clementina y yo, a solas en el camerino, nos sentamos en un viejo sofá lleno de bultos con la tapicería descolorida. Me cuenta que supo esta historia por su difunta tía, ama de llaves de un tal Balboni, un distinguido musicólogo que daba clases en Ca' Foscari. El profesor era viudo y tenía una hija, Laura.

—Mi tía me contó que esta joven era muy guapa y tenía mucho talento. Y que no temía a nada —dice Clementina—. Tanto es así que, siendo muy pequeña, un día se subió a una silla para ver lo que se cocía al fuego. El puchero se volcó y ella se quemó tanto los brazos que le quedaron unas cicatrices horribles. Sin embargo, jamás quiso ocultarlas. Las exhibía al mundo con valentía.

—Me ha dicho que su historia tiene relación con Lorenzo —le recuerdo.

—Sí, y aquí es donde se funden las dos —me explica—. Con Laura y Lorenzo. Estaban enamorados, ¿sabe?

Me inclino hacia delante, entusiasmada con esta nueva revelación. Hasta ahora, me había centrado solo en el trágico final de Lorenzo. Este no es un dato sobre su muerte, sino sobre su vida.

—No sabía nada de Laura Balboni. ¿Cómo se conocieron Lorenzo y ella?

Clementina sonríe.

—Por la música, señora Ansdell. Todo empezó por la música.

La música de un violín y un chelo, fundidas en perfecta armonía, me explica. Todos los miércoles Laura y Lorenzo se reunían en la casa de los Balboni, en Dorsoduro, para ensayar el dueto que iban a tocar en un prestigioso certamen de Ca' Foscari. Me los imagino, a Lorenzo, con sus ojos oscuros, y a Laura, con su pelo dorado, solos hora tras hora, empeñados en dominar la pieza. ¿Cuántas sesiones tardarían en levantar por fin la vista del atril y fijarse solo el uno en el otro?

¿Serían conscientes de que, mientras ellos se enamoraban, el mundo se derrumbaba a su alrededor?

—Cuando las SS ocuparon Venecia, Laura intentó salvarlo —me dice Clementina—. Su padre y ella hicieron todo lo posible por ayudar a la familia Todesco, con el consiguiente riesgo para ellos. Los Balboni eran católicos, pero ¿qué más da eso en asuntos del corazón? Desde luego, a Laura, que lo amaba, le daba lo mismo.

Sin embargo, al final, no pudieron hacer nada por salvar a Lorenzo o a su familia. Ella estaba allí el día que los deportaron. Presenció su desfile a la estación. Y esa fue la última vez que lo vio.

—¿Qué fue de ella?

—Mi tía me contó que la pobre muchacha jamás perdió la esperanza de que Lorenzo volviera con ella. Leía y releía la carta que él le envió desde el tren. En ella le contaba que su familia estaba bien y que seguro que el campo de trabajo no sería tan terrible. Le prometía que volvería a buscarla si lo esperaba. Y lo esperó durante meses, pero luego dejaron de llegar noticias.

—Entonces ¿Laura nunca supo lo que le había ocurrido?

—¿Cómo iba a saberlo? La carta que le escribió en el tren bastó para alimentar su esperanza porque también ella creía que no iba más que a un campo de trabajo. Por eso a los detenidos se los instaba a que escribieran a sus amigos desde el tren y les dijeran que todo iba bien. Aquí nadie sospechaba adónde los llevaban. Nadie imaginaba que fueran a Polonia, donde los... —Clementina se interrumpe.

—¿Ella no llegó a enterarse nunca de lo que le había pasado?

—No.

—Pero ¿lo esperó? Cuando terminó la guerra, ¿lo buscó?

Clementina niega tristemente con la cabeza.

Me hundo en el sofá, desilusionada. Confiaba en que esta fuese una historia de devoción, de unos amantes que se habían mantenido fuertes aunque la guerra los hubiese separado, pero Laura Balboni no cumplió su promesa de esperar a Lorenzo. Esta no es, después de todo, la historia de amor eterno que quería oír.

—Bueno, me ha dicho que era guapa —señalo—. Seguro que hubo otro hombre.

—No hubo nadie más. Para Laura, no.

—Entonces, ¿nunca se casó?

La mujer mira al infinito, como si yo no estuviera siquiera en el camerino y ella hablase con alguien a quien no veo.

—Sucedió en mayo de 1944, cinco meses después de que deportaran a los Todesco —dice en voz baja—. El mundo estaba en guerra y, en toda Europa, reinaban la muerte y la tragedia. Sin embargo, fue una primavera preciosa, por lo que me han contado. A las estaciones les da igual cuántos cadáveres se estén pudriendo en los campos, florecen igual.

»Mi tía Alda me contó que era ya muy de noche cuando apareció aquella familia a la puerta de los Balboni. Una pareja con sus dos hijos pequeños. Eran judíos que llevaban meses escondidos en el ático de un vecino, pero las SS se acercaban y estaban desesperados por huir a Suiza. Les habían dicho que el profesor era compasivo y que podría alojarlos una noche. Mi tía le advirtió que era demasiado peligroso dejarlos quedarse. Las SS ya estaban al tanto de sus inclinaciones políticas y podían hacer una redada en la casa. Sabía que podría traerles la desgracia.

—¿Y el profesor hizo caso a su tía?

—No. Porque Laura, la valiente y testaruda Laura, no permitió que se fueran. Le dijo a su padre que ¿y si Lorenzo se encontraba a la puerta de un desconocido en aquel mismo instante, suplicando asilo? Lo convenció para que alojara a la familia una noche.

Las manos se me han quedado heladas de miedo.

—A la mañana siguiente, mi tía Alda fue al mercado —prosigue Clementina—. Cuando regresó, se encontró con que las SS habían asaltado la casa y estaban abriendo las puertas a patadas y destrozando los muebles. A los judíos que se habían refugiado en casa de los Balboni los detuvieron y después los deportaron a un campo de exterminio polaco. Y a los Balboni...

Hace una pausa, como si no tuviese ánimo para seguir.

—¿Qué les pasó?

Inspira hondo.

—Al profesor y a su hija los sacaron a rastras de su casa. Allí, junto al canal, los obligaron a arrodillarse en la acera como ejemplo público de lo que podía suceder si uno se atrevía a dar cobijo a un judío. Los ejecutaron en el acto.

Me ha dejado sin habla. Me cuesta respirar. Agacho la cabeza y me seco las lágrimas que derramo por una mujer a la que ni siquiera he conocido. El día de primavera en que ejecutaron a Laura Balboni, Lorenzo aún vivía. No murió en San Sabba hasta ese otoño, cuando la joven a la que amaba ya llevaba meses muerta. Aunque no pudo saber que había fallecido, ¿presentiría de algún modo su muerte? Cuando su alma abandonó este mundo, ¿oiría Lorenzo su voz en sueños, sentiría el susurro de su aliento en la piel? Cuando marchó hacia su propia ejecución, ¿lo consolaría saber que iba a reencontrarse con Laura? Ella había prometido esperarlo y allí estaría, preparada para darle la bienvenida en la otra vida.

Eso es lo que quiero creer.

—Ahora ya conoce el resto de la historia —dice—. La historia de Laura.

—Y yo sin saber de su existencia. —Inspiro hondo—. Gracias. Nunca me habría enterado si usted no me lo hubiera contado.

—Se lo he contado porque es importante recordar no solo a las víctimas, sino también a los héroes y las heroínas, ¿no le parece, señora Ansdell? —Se pone en pie—. Ha sido un placer conocerla.

—¡Mami, estás aquí! —Mi hija de once años entra corriendo en el camerino. Se le ha deshecho la trenza y lleva algunos mechones rubios por la cara—. Papá te ha estado buscando por todas partes. ¿Por qué no estás fuera con nosotros? Ha empezado la fiesta en el patio y todo el mundo está bailando. Deberías oír lo que está tocando Gerda. ¡Una especie de canción judía!

Me levanto.

—Voy enseguida, cariño.

—Así que esta es su hija —dice Clementina.

—Se llama Lily.

Se estrechan la mano muy educadamente y Clementina le pregunta:

—¿Tú también eres música como tu madre?

Lily sonríe de oreja a oreja.

—Me gustaría serlo.

—Ya lo es —digo orgullosa—. Lily tiene mucho mejor oído que yo y solo tiene once años. Debería verla tocar.

—¿Tocas el violín?

—No —responde Lily—. Toco el chelo.

—El chelo —repite Clementina en voz baja, mirando fijamente a mi hija. Aunque sonríe con los labios, sus ojos parecen tristes, como si mirara la fotografía de alguien a quien conoció, alguien que hace tiempo que ya no se encuentra entre los mortales—. Me alegro de conocerte, Lily —dice—. Espero oírte tocar algún día.

Mi hija y yo salimos del edificio a la cálida noche estival. Lily no va andando sino medio bailando a mi lado, como un duendecillo de pelo dorado con sandalias y un vestido floreado de algodón, dando brincos por el adoquinado. Cruzamos el patio, pasando por delante de los grupos de universitarios que ríen y charlan en italiano, y por delante de una fuente de piedra cuya agua entona su propia melodía al salpicar. Las palomas sobrevuelan nuestras cabezas como ángeles de alas blancas en la oscuridad, y el aire me huele a rosas y a mar.

A lo lejos, un violín toca música judía. Es una canción alegre, bulliciosa, y me dan ganas de bailar, de dar palmas.

De vivir.

—¿Lo oyes, mami? —Lily tira de mí—. ¡Vamos, que nos perdemos la fiesta!

Entre risas, cojo de la mano a mi hija y juntas nos sumamos a la música.

Notas históricas

Cuesta creer, al pasear hoy en día por el Ghetto Nuovo, que esa tranquila plaza veneciana fuese en su día escenario de tanta tragedia. Las placas conmemorativas instaladas en los muros de la plaza cuentan la desoladora historia de casi doscientos cincuenta judíos venecianos que fueron detenidos y deportados en 1943 y 1944. Solo ocho de ellos regresaron con vida. Durante aquellos terribles años, pereció un veinte por ciento de los 47.000 judíos italianos, casi todos en campos de exterminio.

Estas cifras, aunque pasmosas, palidecen en comparación con las de lo que estaba sucediendo con los judíos en el resto de la Europa ocupada. En Polonia, en Alemania y en el Báltico, se aniquiló al noventa por ciento de la población judía. En los Países Bajos, el setenta y cinco por ciento de los judíos desapareció en campos de exterminio; y en Bélgica, el sesenta por ciento. ¿Por qué sobrevivió un porcentaje mayor de judíos en Italia? ¿Qué hacía a Italia diferente?

Me rondaba esta pregunta mientras recorría las callejuelas de Cannaregio, el barrio veneciano en el que vivieron tantos judíos. ¿Alguna peculiaridad del carácter italiano hizo que hiciera caso omiso de unas leyes que consideraban injustas, e incluso que se opusieran activamente a ellas? Dado que viajo a Italia constantemente, que estoy enamorada de sus gentes, quise creer que los italianos eran especiales. Pero sé muy bien que todas las naciones tienen su lado oscuro.

Esa misma pregunta se plantea en dos libros excelentes: *The Italians and the Holocaust*, de Susan Zuccotti, y *The Jews in Fascist Italy*, de Renzo De Felice. Ambos autores coinciden en que, para los judíos, Italia era distinta, en muchos aspectos, del resto de la Europa ocupada. Los judíos, bien integrados y físicamente imposibles de distinguir de sus vecinos, se confundían fácilmente con el grueso de la población. Antes de la guerra, ocupaban puestos de gran responsabilidad en el gobierno y en los ámbitos académico, comercial, sanitario y jurídico. Un cuarenta y cuatro por ciento de ellos no estaban casados con judíos. En todos los sentidos, se encontraban plenamente integrados en la sociedad italiana: hasta la amante y biógrafa de Benito Mussolini, la preparadísima Margherita Sarfatti, era judía.

Sin embargo, la seguridad es a menudo una ilusión y, a lo largo de la década de los treinta, los judíos fueron dándose cuenta de que, aun en Italia, el suelo que pisaban se estaba transformando en peligrosas aguas movedizas. Al principio, los indicios eran solo preocupantes: la aparición de varios artículos de opinión antisemitas en una serie de publicaciones, seguidos del despido de los periodistas judíos del diario *Il Popolo d'Italia*. Hacia 1938, la campaña contra ellos se había precipitado y dio lugar a una sucesión de leyes a cuál más onerosa. En septiembre de 1938 se prohibió a los judíos dar clases o matricularse en las escuelas. En noviembre de ese mismo año, se prohibieron los matrimonios mixtos y se excluyó a los judíos del funcionariado. En junio de 1939 se les prohibió el ejercicio de profesiones especializadas, con lo que médicos, abogados, arquitectos e ingenieros se quedaron sin trabajo. No podían tener transistores ni entrar en establecimientos públicos. No podían ir de vacaciones a lugares populares. No se podía emitir por la radio música compuesta por un judío.

Al ver que las leyes eran cada vez más monstruosas, algunos judíos decidieron abandonar el país, pero la mayoría se quedó. Pese a que los indicios de peligro iban aumentando, les costaba creer que lo que estaba ocurriendo en Alemania y Polonia fuese a suceder en Italia. Como en ese supuesto erróneo por el que, si se mete a una rana en un cazo de agua tibia, esta no percibirá el aumento de la temperatura, pero terminará muriendo hervida, casi todos los judíos italianos se adaptaron a la cruda nueva realidad y siguieron con su vida sin más. ¿Adónde iban a marcharse familias como la de Lorenzo, que llevaban siglos en Italia?

En 1943, tras la ocupación alemana del norte y el centro de Italia, estas familias se vieron de pronto atrapadas. Cuando las SS alemanas e italianas empezaron a perseguirlos, los judíos trataron de esconderse o huir. Algunos lograron llegar sanos y salvos a las montañas suizas. Otros fueron acogidos por monjas y frailes en conventos y monasterios. Otros se ocultaron en las casas de amigos o vecinos compasivos.

Pero a muchos, como a la familia de Lorenzo, los detuvieron y los deportaron, enviándolos en tren a diversos destinos del norte. Casi todos pensaban que iban a campos de trabajo; pocos imaginaron que su viaje finalizaría en un crematorio polaco.

A Venecia, el desastre llegó tan súbitamente que los sorprendió en la cama. A principios de diciembre de 1943, mientras sonaban las sirenas de ataque aéreo con el fin de ahogar los gritos, las autoridades acorralaron a cerca de un centenar de judíos. Encarcelados temporalmente en una escuela convertida en centro de detenciones, pasaron días sin comer hasta que algunos vecinos compasivos les lanzaron alimentos por las ventanas. Cuando, medio muertos de hambre, los hicieron desfilar rumbo al tren que los esperaba para sacarlos de la ciudad, probablemente los detenidos aún pensaban que sobrevivirían, pues muchos de ellos escribieron cartas tranquilizadoras a sus amigos de Venecia.

El viaje a Auschwitz los llevaría hasta el campo de tránsito de Risiera di San Sabba, en las afueras de Trieste. Risiera di San Sabba, inicialmente construida como planta de descascarado de arroz, se convirtió en el único campo de exterminio en suelo italiano. Para la primavera de 1944, ya disponía de su propio crematorio, destino final de miles de prisioneros políticos, miembros de la Resistencia y judíos ejecutados. Cuentan que el estrépito de las ejecuciones y, a veces, los gritos procedentes del propio horno resultaban tan perturbadores que se tocaba música para ahogar esos sonidos.

En tan atroz escenario histórico, resulta fácil identificar a los villanos, desde los políticos que respaldaron la leyes antisemitas hasta la policía fascista que detuvo y deportó voluntariamente a sus compatriotas, pero también es muy fácil identificar a los héroes: el profesor Giuseppe Jona, que, cuando se le ordenó que facilitara los nombres de sus compañeros judíos en Venecia, destruyó las listas y se suicidó; los miles de miembros de la Resistencia, muchos de los cuales murieron a manos de los torturadores de San Sabba; los compasivos *carabinieri,* los oficiales de policía que se negaron a acorralar a los judíos de la zona e incluso ayudaron a ocultarlos; y el sinfín de frailes y monjas e italianos de a pie que alimentaron, vistieron y cobijaron a desconocidos desesperados.

Como los Balboni, algunos de esos héroes anónimos pagaron su compasión con la vida.

Esas son las personas a las que he querido homenajear en esta novela, a esos extraordinarios hombres y mujeres cuyos actos anónimos de humanidad y cuyo sacrificio nos han dado esperanza a todos. Aun en los tiempos más oscuros, siempre habrá una Laura que ilumine el camino.

Bibliografía

ZUCCOTTI, Susan, *The Italians and the Holocaust,* University of Nebraska Press, Lincoln, 1996.

DE FELICE, Renzo, *The Jews in Fascist Italy,* Enigma Books, Nueva York, 2001.

«*The Holocaust in Italy.*» Museo estadounidense conmemorativo del Holocausto. ‹https://www.ushmm.org/learn/mapping-initiatives/›.

«Risiera di San Sabba.» Sitio web del museo: ‹www.risierasan-sabba.it›.

Agradecimientos

El poder inspirador y transformador de la música, aun con siglos de distancia, constituye el núcleo de esta novela. Quisiera dar las gracias a todas las personas que me han llenado la vida de música: a mis padres, que sabían que algún día les agradecería todas esas largas y tediosas horas de ensayo al piano y al violín; a mis profesores de música, que han soportado con paciencia mis notas desafinadas; y a mis compañeros de *jam session* de Maine, con los que he compartido más de una noche de jarana tocando los temas de unos y de otros. Los músicos son las personas más cariñosas y generosas del mundo y me siento afortunada de formar parte de ese círculo. Me gustaría dar las gracias en particular a Janet Ciano, que con su pasión ha inspirado a toda una generación de instrumentistas de cuerda; a Chuck Markowitz, al que divierte tanto como a mí improvisar con el violín, y a Heidi Karod, por ser la primera en tocar *Incendio*.

Agradezco el constante apoyo de mi agente literaria, Meg Ruley; de mis editoras, Linda Marrow (Ballantine) y Sarah Adams (Transworld UK), y de todo el equipo editorial a ambos lados del charco: Libby McGuire, Sharon Propson, Gina Centrello, Kim Hovey, Larry Finlay y Alison Barrow. ¡Es una maravilla trabajar con todos vosotros!

Por encima de todo, le doy las gracias a mi marido, Jacob, que ha estado a mi lado en todos los altibajos de mi trayectoria profesional. Es difícil ser pareja de un escritor y nadie lo hace mejor que él.

ÍNDICE